悲しい声とともに、背中を強くかき抱かれた。同時に唇を奪われ、光音は濡れた睫毛を閉じる。

　激しい口づけだった。角度を変えながら、ケリーは何度も唇を押し当ててくる。

（本文より）

BBN
B•BOY NOVELS

恋情と悪辣《あくらつ》のヴァイオリニスト

彩寧一叶
イラスト／キツヲ

この物語はフィクションであり、実際の人物・団体・事件等とは、一切関係ありません。

CONTENTS

恋情と悪辣《あくらつ》のヴァイオリニスト

聴け――。

嵐のようなヴァイオリンの音が、広大なコンサートホールに響き渡る。

荒々しい弓使い。激しく振り乱される金色の髪。緑色の瞳は鋭い眼光を放ち、時折強く客席を睨《にら》みつける。その視線は、まさに「俺を見ろ」と言っているかのようだ。

彼の魂を吹き込まれた音は生き物のように空間を舞い、人々の熱狂を問答無用で攫《さら》っていく。それは、魔性と呼ぶに相応《ふさわ》しかった。舞った音のひとつひとつが黒い羽と化し、彼の周囲に降り注ぐようにすら見える。

曲が終盤へ向かう。高音部分が連続する緊張のラストスパートを、彼は力強く、そして完璧に導いていく。最後の一音を終えると、一瞬の静寂の後、凄《すさ》まじいスタンディングオベーションが会場を包み込んだ。

黄金のスポットライトが、汗で濡《ぬ》れた髪と、黒い衣装に包まれた長身の肉体を鮮やかに照らし出す。割れんばかりの拍手と歓声を受けながらも、その表情に笑みはない。肩で息を切らしながら、床を睨みつけ、彼は無言で人々の熱狂を受け止めていた。

仄暗《ほのぐら》い瞳が客席に向けられ、ヴァイオリンと弓を持った両手が大きく広げられる。その黒きシルエットは、悪魔が羽を広げた姿を思わせた。

◆◇◆

歴史情緒が美しいイタリア・ローマ。緑と多くの文化遺産に恵まれたこの街は、一歩足を踏み入れると、まるで映画の世界に紛れ込んだような気分を味わわせてくれる。

天気は快晴。雲はほとんどなく、セルリアンブルーの絵の具をぶちまけたような見事な空の色だった。鳥が踊るように飛び、羽を休ませようと窓辺に足をつける。弾むようなさえずりが聞こえ、初風《はつかぜ》光音《あると》は顔を上げた。

時計に目をやると、時刻は午後二時を回っている。昼食を取っていなかったことを思い出し、光音は手に持っていた木材を作業台へ置き、隣のキッチンでコーヒーとトーストの用意を始めた。

光音と書いてアルトと読む。少々変わった名を持つ彼は、日本人の父と、イタリア人の母との間に生まれた。この世に生を受け、産声を上げた瞬間に、母が直感で「アルト」と名づけたらしい。そこへ父が、後から漢字を当てはめたのが由来だ。

身体は華奢かつ小柄で、髪の色は黒。鼻と唇は小づくりで、ほぼ日本人寄りの見た目をしている。だが、大きなアーモンド形をした、深みのある青の瞳と、透き通るように白い肌は、母の面影をくっきりと残していた。

別段際立った特徴こそないものの、それなりに整った容姿と言える。ただ、近眼のためかけている黒縁の眼鏡《めがね》が、彼を野暮ったく見せている。長めの前髪も、放っておいたら伸びていたという感じで、洒《しゃ》落《れ》っ気はひとつもない。服装は白い長袖《ながそで》のYシャツと、色褪《いろあ》せたジーンズ。その上から紺色のエプロンをかけていて、いつもだいたいこの格好だ。

流行に敏感だった母が生きていれば、きっと文句をつけてきたに違いない。しかし母は、七年前、光音が十四歳の時に、癌《がん》でこの世を去っていた。以来、同じく素朴な見た目をした父と、ずっと二人暮らしをしている。

光音の父は、有名なヴァイオリン職人だ。ここは父の経営するヴァイオリン専門店で、一階が店とギャラリー、今いる二階が倉庫とアトリエになっている。光音はこの店を手伝いながら、父に師事していた。

父の信念はこうだ。

音楽家の魂を体現する道具である楽器には、コンマ一ミリの狂いすら許されない。命がけで表現する人のために、我々職人も命をかけて仕事をせねばならない、と。

だから中途半端な出来の楽器は、たとえ安値だろうと店に置こうとしない。十四歳で弟子《でし》入りしてから七年、今まで光音が作ったのは全て試作品で、まだ商品になったことは一度もなかった。

「ふう……」

湯が沸くのを待っている間、軽く肩を回して凝《こ》りをほぐす。ヴァイオリン作りというのは、物凄《ものすご》く神経を使う作業なので、長時間続けていると身体が石のように固くなってしまう。

コーヒーを淹《い》れて、焼けたトースト二枚とともにテーブルにつく。ちょうどお気に入りのラジオの時間だと気づき、慌ててスイッチを押した。

流れてきたのはクラシックの番組。お洒落に興味はなく、同年代の流行もあまり知らない光音は、昔からクラシック音楽が大好きだった。中でもやはりヴァイオリンの音が好きで、そして、誰より彼の音色が一番好き――。

「では、次の曲に参りましょう。メンデルスゾーン《ヴァイオリン協奏曲》」

落ち着いたパーソナリティーの声の後、厳かな前奏が始まった。その二秒後、物悲しくも鋭い主旋律が流れてきて、ついマグカップを落としそうになる。

この音。

(ケリーだ……!)

耳にするたび走る、恋にも似たときめき。光音はラジオにかじりつき、ノイズの音すら聞き漏《も》らさないよう耳を傾けた。

ケリー・クロフォード。

イギリス出身のヴァイオリニストで、今最もクラシック界を賑《にぎ》わせている人物だ。卓越した演奏技術を持ち、他に類を見ない斬新な感情表現で人々を熱狂させる、通称『悪魔の貴公子』。

悪魔という言葉は、ヴァイオリン界において古くから褒《ほ》め言葉のように使われている。「悪魔と契約せねば弾けない」などと言われる難曲もあれば、伝説のヴァイオリニスト、パガニーニは悪魔に魂を売ったと言われたほどの天才だった。それと同様の異《い》名《みょう》をつけられるぐらい、ケリーの評価は高いのだ。

クラシックに興味のない人からすれば、奏者の違いなんてわからないかもしれない。でも彼の個性は特別。一度この音色を聴けば、どんな人も骨抜きにされるに決まっている。事実、ケリーはクラシック好き以外の客もどんどん取り込み、ファン層を拡大させている。

ケリーの存在を知ったのは、母を亡くしてから二ヶ月後のことだった。傷心の光音を、知人がローマ市内でのチャリティーコンサートに誘ってくれ、そこへ出演していたアーティストの中に彼がいた。

当時彼は二十一歳、今の光音と同じ年齢だった。プロデビューを果たしたばかりで、他のアーティストと違い、地味な服装をしていたのを覚えている。けれども佇《たたず》まいに品があり、全身から自然と滲《にじ》み出る光のようなものが感じられた。

笑顔は爽《さわ》やか、トークは控えめ。そんな彼が奏でた《カノン》はとても優しい音色で、雨が乾いた大地を潤すように、傷ついた光音の心へ、すーっと染み込んできた。彼の演奏には、人々の幸せを願う、確固たる優しさが感じられたのだ。

また、音のひとつひとつがとても丁寧で、素晴らしい技術の持ち主だとすぐにわかった。その日は

《カノン》の他に、他のミュージシャンの伴奏をしただけだったが、もっと難しい曲を弾いても上手《うま》いだろうと思った。

一発でケリーに心を奪われた光音は、家に帰ってすぐ彼のことを調べた。そしてインターネットの動画を見て、さらに雷に打たれたような衝撃を受けたのだ。

上手いなんて、彼の技術はそんな次元の言葉で言い表せるものではなかった。

ただただ、圧倒された。超絶技巧を自在に操る彼の演奏は、定められたかのように正確で、荒っぽい感情表現が胸に迫るようだった。一方バラードでは、強烈な物悲しさを叩《たた》きつけてくる。粗暴さと繊細さが同居するその音色は、まさしく唯一無二のものだった。大きく身体を揺らす演奏スタイルと、ギロリと客席を睨む視線には狂気すら感じられ、それが『悪魔』と呼ばれる理由のひとつになったと言える。

光音はますます彼に惹かれた。単に演奏の凄さに魅せられたわけじゃない。ここまで荒々しい演奏をする人が、あんなにも優しい演奏もするということに神秘性を感じたのだ。

だが、光音が初めて見た時のように、淡い日差しのような微笑《ほほえ》みを浮かべ、穏やかな癒《いや》しの音色を奏でる彼の映像はひとつも探し出すことができなかった。さらにはその後見ることも、CDに編集されることもなく、ステージ上の彼は、いつも客席を敵視するかのように睨み続けていた。

優しさを封印し、狂気的な演奏で人の心を攫い続ける。そんな彼を見ているうち、次第に光音はこう思うようになった。

この人がどういう人か知りたい、どういう気持ちで演奏しているのか知りたい。

そして、この人が持つ両方の音色を、最大限に引き出せるヴァイオリンを作りたい。そう願うようになり、それがヴァイオリン職人を目指す理由となった。母を亡くした光音の心を救い、新たに夢を与えてくれたのは、ケリーの存在だったのだ。あれから七年。天才は進化を続け、ケリーの演奏にはますます磨きがかかっている。もはや王者と呼ぶべき貫録すら身につけているのに、インタビューの内容はいつも謙虚で誠実だ。実力、人格ともに完璧な、まさに理想のスターである。もはや光音にとって、彼は悪魔というより神様だった。

「以上、演奏はケリー・クロフォードでした。クロフォードといえば、現在ヨーロッパツアーの真っ最中。残す公演は、いよいよ最終地ローマのみとなっています……」

　パーソナリティーの紹介を聞き、光音の胸が湧き立った。そう、憧れのケリーが、なんとこのローマへやってくるのだ。彼がローマでコンサートをするのは、実に五年ぶりのこと。チケットは即日完売で、光音は知人の伝手《つて》でなんとか手に入れることができた。

　イギリス最大手のオーケストラを引き連れた今回のツアーは、ロンドンでの公演から始まり、その後フランス、ドイツ、オーストリアと回って、イタリアへと入った。そしていよいよ、待ちに待ったローマ公演。おそらくもう現地入りは果たしていて、会場で最終調整を行っているところだろう。大好きな彼が同じ街にいると思うだけで、嬉《うれ》しくなってしまう。

（あと三日かあ……。ステージに投げるお花、予約しておかないとな）

　最後にケリーのコンサートを見たのは、一年前、彼の本拠地のロンドンでだった。店を経営していると、なかなか海外の公演へは行くことができない。だから今回、彼がローマに来てくれたことが本当に嬉しかった。

　番組が終わったのでラジオを消し、光音は食べ終えた食器を片づけた。そして、再び作業へ戻ろうと思っていた時、一階から来客を知らせるドア鈴の音が聞こえてきた。

「あ……はーい！」

大きく返事して、急いで階段を下りていく。

「いらっしゃいませ。お待たせしてすみません」

階段を下りると、そのままカウンターへ入れるようになっている。そこから入口のほうを見ると、どこかで見たことのある人が、壁にかけた絵を眺めていた。

やけに存在感のある人だった。背が高く、服装は白いリネンのシャツとジーンズで、どちらもパッと見て仕立ての良いものだとわかる。

「Hi《やあ》」

爽やかに言って、こちらを振り向く。その顔を見た途端、光音は瞬時にして固まった。

左右に分けられた鮮やかな金髪。緑色の瞳はやや垂れ目で、柔らかな光を浮かべている。鼻はすらりと高く、白い歯を覗《のぞ》かせる唇は爽やか。光り輝くようなその美男子は、光音がずっと憧れ続けた人と同じ顔をしていた。

（え……ええっ……!?）

驚きのあまり、声を出すこともできない。光音が石のように硬直している間にも、彼はにこやかに歩み寄ってくる。

「素敵なお店だね」

滑らかな英語の発音に胸が高鳴る。落ち着きがあり、それでいて鼻から抜ける感じの甘い声に、頭の先がくらくらした。

「あ、えっと……その……」

忙《せわ》しなく視線を泳がせ、光音はようやく頭を下げる。

「ありがとう、ございます……っ！」

鏡を見なくても、自分が真っ赤になっているのがわかった。信じられない。ケリーが、憧れのケリーがそこにいる。

「あの……ケ、ケリー・クロフォードさん……ですよね？　僕、その……ファ、ファンなんです！」

震える声で、かろうじて言った。しかし、目線を

上げることがどうしてもできない。心臓をドキマギさせながら俯《うつむ》いていると、ケリーが小さく笑う声が聞こえた。

「どうもありがとう。でも、そんなに緊張しないで」

優しい口調で言われて、腹の奥がきゅうっと締めつけられる。嬉しいはずなのに、緊張と感動の両方が入り乱れて、手放しでは喜べない。厄介な心境だ。でも、凄く嬉しい。

「すみません……僕、感動して……っ」

そう言った後、カウンターの中に置いてあった彼のCDを見つけて光音はハッとなる。

「あの、も……もし良かったら、こちらにサイン頂いても宜《よろ》しいですか……？」

カウンターの中からケリーの最新作のCDを選び、震える両手で差し出した。すると彼は、それを受け取り、

「オーケー、喜んで」

と言ってくれた。渡したCDのジャケットにサインを書くその姿を、光音は遠慮がちに見つめる。

凄い。

カウンターに寄りかかっているというのに、見上げるほど背が高い。彼が長身なことは知っていたが、まさかここまでとは。それに、思いのほか体格が逞《たくま》しい。胸板は厚く、首も肩もがっしりしていて、それが彼の存在感を際立たせているように思う。

ペンを持つ指は息を呑《の》むほど長く、節《ふし》くれだっていて、力強い。そこに彼の、尋常ならざる修練の結果が滲み出ているようだった。爪は、当然と言わんばかりに短く切られており、長さも形もきっちりと整えられている。ヴァイオリンを弾くのに、これ以上ないほど相応しい手だ。その迫力につい目を奪われていると、ふとケリーが問いかけてきた。

「名前は？」

「は、はい？」

「君の名前。サインに入れさせてほしいんだ」

ちらりと見ると、彼はひだまりのように優しく微

笑んでいる。

「光音です。初風光音……あの、音楽用語の Alto です」

「アルト……」

彼が呼んだ初めての響きは、まるで奇跡のように、光音の耳の中でこだました。

ケリーは目を細めると、再びペンを走らせた。

「これでいいかな？」

サインされたCDを、光音は目を輝かせて眺めた。アーティスティックな文字で書かれたサインはとてもセンスが良く、下に小さく「Thanks」と書かれている。

「感激です。本当に、ありがとうございます……！」

「こちらこそ」

穴が空くほどケリーの文字を見つめ、CDを大切にカウンターへ置く。それからふと我に返り、光音はようやく顔を上げた。

「あっ……失礼しました！　今日は、ヴァイオリンを見にきてくださったんですよね？」

「ん？　うん……まあ」

照れ臭そうに答える。その表情もまた、見惚《みと》れるほどに爽やかだった。

「凄い、光栄です……！　父にもぜひ挨拶《あいさつ》させたいんですけど、すみません……あいにく今日は、夜まで戻らなくて」

そう言うと、ケリーは少しカウンターに身を乗り出してきた。

「父ってことは、君は、ミスター・オトヤの息子さん？」

「はい、そうです」

「君もヴァイオリンを作っているの？」

「ええ。まだ見習いですけど」

はにかんだように答えると、ケリーは「そっか」と嬉しそうに目を細めた。

「アルトって、呼んでもいい？」

「もちろんです。まさかケリーさんに名前を呼んでもらえる日が来るなんて、思ってもみませんでした……！」

　ずっとずっと、恋をするように慕い、憧れてきた神様。その人に名を呼んでもらえることは、まるで己《おのれ》の存在を認められたかのような、大袈裟《おおげさ》な感動をもたらしてくれた。こめかみが痛くなるほどの喜びに、唇がきゅっとなる。

「ギャラリー……あの、商品はこちらに展示してあるんです。僕の案内でお役に立てるかわかりませんが、あの、どうぞご覧ください」

　何度、あの、あの、とまごつくのだろう。自分でも呆《あき》れるが、どうしようもない。緊張で脚が震えるのを必死でこらえ、光音はカウンターから出た。ギャラリーへ続く扉を開けると、ケリーはにこりと笑ってくれた。

「ありがとう」

　甘やかな声。

　ギャラリーへと入っていく、ケリーのあまりにも広い背中に驚きながら、光音も後に続いた。

　楽器商に販売を委託することもたまにはあるが、父はほぼ全ての楽器をこのギャラリーに展示している。お客様には、しっかり説明を聞き、納得した上で買ってもらいたいという考えのもとだ。

　ギャラリーを見回すケリーの姿を、光音は眩《まぶ》しい表情で見つめた。憧れの人が見慣れた景色の中にいるというのは、なんとも神秘的な光景だ。

　また、ステージでは髪をオールバックにし、いつもギラギラとした黒の衣装を着ている彼が、ナチュラルな服装で来てくれたことにも感動を覚えた。初めて見た時も、彼はこういう服装だったので、ついあの日のことを思い出してしまう。

「どれも素晴らしいね。今回のオーケストラにも、君のお父さんの楽器を使っている人がいるんだよ。とてもいい音だから、気になっていたんだ」

　ケリーがそう言ってくれたことを、光音は心から喜んだ。

プロの奏者には、曲や会場によって使用楽器を変える人もいれば、固定の楽器を使い続ける人もいる。ケリーの場合は後者で、一千万ユーロもするガルネリ・デル・ジェスをヴァイオリン協会から貸し与えられているのだ。

デル・ジェスといえば、かの有名なストラディヴァリウスと並ぶ伝説の楽器である。中でも貴重なものは売ること自体許されておらず、たとえ金を払ったとしても、楽器に見合う実力がなければ貸出も許可されない。そんな楽器を使っている人が、父のヴァイオリンを褒めてくれた。本当に、誇らしいことである。

「ありがとうございます。宜しければ、どれか試し弾きなさいますか？」

「いいの？　じゃあ、君のお勧めを見せて」

そう言われると、やはり一番高価なものを勧めたくなる。商売としての意味ではなく、高価なものはそれに見合った価値があるからだ。

ヴァイオリンとは不思議な楽器だ。質の良いものであれば、歳月が経てば経つほど音の深みを増していく。表面に塗られたニスや木の繊維が馴染《なじ》み、楽器の精度を上げるからだ。デル・ジェスのような何百年も前の楽器が伝説視されるのには、そういう理由がある。

ここに展示してある中で最も高価なヴァイオリンは、父が三十年以上もの月日をかけて熟成させたものだ。たとえ試し弾きとはいえ、ケリーが弾くのならこういう楽器でないといけない気がする。そう思い、光音は迷わず最奥のショーケースの鍵を開けた。

「こちらへどうぞ。どれも父の自信作です。特に、僕のお勧めは――」

少し迷ってから、一番右端の楽器を取る。

「これです。ケリーさん、デル・ジェスの中でも渋い音の出るやつ使ってますよね。このヴァイオリンも、低音に迫力があるんですよ。哀愁のある音楽を奏でるのにピッタリです」

「よく知ってるんだね」

笑い混じりに言われて、光音はさっと赤くなる。

「そりゃあ、僕も一応売る立場ですから、音には詳しくないと……」

それもある。だが、自分でも執着しすぎだと思うほど、ケリーの音は聴きまくっているのだ。

松脂《まつやに》を塗った弓と一緒に手渡すと、ケリーは一度ヴァイオリンをじっと見つめてから、肩の上に置いた。本来、ヴァイオリンの裏には肩当てという部品を取りつけるのだが、ケリーの肩はがっしりとしていて、それがなくても楽器の位置が安定しているのがわかる。

「リクエストはある？　せっかくだから、君の好きな曲を弾こうと思って」

それを聞いて、光音の胸は躍った。ちょっと音階を弾くだけかと思っていたのに、まさか演奏を聴かせてもらえるとは。

「いいんですか!?」

「うん。お気に召《め》すかはわからないけど」

少し不安げな表情で言う。なんて謙虚な人なのだろう。

「では……、《カノン》を」

初めて聴いた曲。これまでいろんなケリーの演奏を聴いてきたが、《カノン》を演《や》ってくれたのは後にも先にもあの時だけだ。ひょっとすると、本人はあまり好きではないのかもしれないと不安になったが、ケリーは笑って「オーケー」と言ってくれた。

彼の持つ弓が、ゆっくりと弦に触れる。すると、そこから川のせせらぎのような旋律が流れてきた。

胸に染み入る優しい音色は、初めて聴いた時と全く変わっていなかった。普段の迫力ある演奏も大好きだが、この穏やかな音色は、光音にとってかけがえのない思い出の音だ。懐かしさが込み上げ、つい涙が出そうになる。

演奏が終わり、光音は感謝の拍手を送った。輝く瞳をケリーに向け、祈るように両手を組む。

「ありがとうございます、嬉しいです！　実は僕、《カノン》を聴いてケリーさんのファンになったんです」

「《カノン》を……？」

「はい。とっても優しい演奏で、聴いているだけで幸せな気持ちになれました。今でも、あの時のケリーさんを覚えています」

　思い出に浸るように言い、光音は再びショーケースに目を移す。

「ただ、今の雰囲気だと、もう少し軽《かろ》やかな音のほうが合いそうですね。とても透明感のある音色だから、高音を綺麗《きれい》に出してあげたほうがいいと思います」

　普段のケリーのような演奏だと、低音が強いほうが演奏に迫力を増しやすい。だが繊細で優しい弾き方をするのであれば、同じく繊細な音を出す楽器のほうが、良さを引き出してくれるはずだ。

「こちらはどうでしょう？　さっきとかなりニュアンスが違うんですが」

　手に取ったのは、赤茶色のニスが塗られた、どことなく中性美を感じさせるヴァイオリンだった。父がストラディヴァリウスを意識して作ったもので、高音が綺麗に響く。

　だがそれを勧めようと振り向いた時、光音はぎょっとした。

　ケリーが、何か強いショックを受けたような顔で、こちらを見ていたのだ。

「ど、どうしました……？」

　何か失礼なことを言ってしまったのだろうか。不安になって問いかけると、ケリーは一瞬我に返ったような表情をし、照れ臭そうに笑った。

「ごめん、驚いたんだ。俺の《カノン》なんて、覚えてくれている人はそうそういないから」

　それを聞き、光音は少し苦い笑みを浮かべる。

「あれ、クラシックのコンサートじゃなかったですもんね。でも、みんな感動していたはずですよ。ケリーさんの《カノン》には、素敵な波長が溢《あふ》れてますから」

「ありがとう。君は、とても優しい耳を持っているんだね」

そう言われて、光音は頬を染めた。軽く俯き、目を潤ませながら言う。

「耳には、自信があるんです」

弟子にしてほしいと頼み込んだ時、父から言われたことがある。

お前は魔法の耳を持っているんだね——と。

息子だからといって易々《やすやす》と弟子にしてくれるほど、父は優しい人ではない。本当になりたいのか、どうしてなりたいのか、じっくり話を聞かれて、光音はケリーへの想いを必死で伝えた。すると言われたのだ。お前には、音から心を聴き出す能力が眠っている、と。

魔法の耳と言われても、実のところ、自分ではあまりピンときていない。ただ、父に認められた聴覚には自信を持っていいと思っている。それをケリーにも褒めてもらえたというのは、夢のように光栄な話だった。

「あの……どうぞ、こちらも弾いてみてください。きっと相性がいいはずです」

感動して震える唇をどうにか抑え、光音は顔を上げる。

ヴァイオリンを受け取ると、ケリーはそれで再び同じ曲を弾いた。

思ったとおり、相性はバッチリだ。丁寧なビブラートが場の空気を浄化していくようで、聴いていてとても心地がいい。やはり自分の見立ては正しかったと、光音は密かにガッツポーズをする。

その時、弓を動かしながら、ケリーがちらりとこちらを見た。

目が合って、一瞬ドキッとする。光音は慌てて目をそらし、彼が演奏を終えるのを静かに待った。すると彼は弓を下ろし、もう一度ヴァイオリンを見つめて爽やかに笑った。

「凄く良かった。これ、買うよ」

「えっ……！」

あまりにも早い決断に、さすがに光音は躊躇《ちゅうちょ》する。

「き、決めるのが早すぎませんか？　お値段もまだお伝えしていませんし」

「いくら？」

「……五万ユーロです」

高級車が一台買えてしまえるような値段だ。しかしケリーは「なんだ」と笑い、

「カードは使える？」

と、もう支払いのことを聞いてきた。よく考えれば、そもそも彼の愛器デル・ジェスはその二百倍の値段なのだ。この程度の楽器は、むしろ普通に見えるのかもしれない。

きっと凄く稼いでいるのだろう。カウンターに戻り、領収書を作りながら、光音はしみじみと考えた。

高級マンションでお洒落な家具に囲まれ、優雅にヴァイオリンを弾くケリーの姿が目に浮かぶ。赤字ギリギリの経営で、どうにか生活している自分たちとは雲泥の差だ。

「では、ここにサインをお願いします」

「オーケー」

綺麗な字で、ケリーは手早くサインをした。それを見て、光音はあれっという顔になる。

（W.Kelly Crawford……？）

名前の前に「W」という文字がついている。不思議そうにしている光音に気づき、ケリーはペンを戻しながら言った。

「ああ、本名はウィリアムっていうんだ。ウィリアム・ケリー・クロフォード。でも、周りに同じ名前の人が多いせいか、みんなよくミドルネームで呼んでくるんだよね」

「へえ……」

確かに、ウィリアムと名のつくクラシック奏者は

何人か知っている。おそらく被《かぶ》らないために、ミドルネームで登録したのだろう。すっかりケリーという名前が定着しているため、多少違和感はあったものの、ウィリアムというのも、上品で彼の雰囲気に合っていると光音は思った。

その時、外から車のクラクションの音が聞こえてきて、ケリーが入口を振り返った。

「もうそんな時間か……。マネージャーだよ、外で待ってるんだ」

「それでは、外までお運びしますね」

「ありがとう。ところで、今度のコンサートは観にくるの？」

「はい、初日の公演に」

「本当？　じゃあもし良かったら、その後一緒に食事でもどう？」

一瞬何を言われたかわからず、光音は目をパチクリさせる。

「あ、ごめん……いきなりで驚いたよね。君のヴァイオリンの話、凄く丁寧でわかりやすかったよ。もう少し話をしたいと思ったんだけど、駄目かな？」

遠慮がちに言ったケリーに対し、光音は慌てて首を振った。

「だっ、駄目なわけないです……！」

「良かった。コンサートホールのスタッフに、君のことを伝えておくよ。誰にでもいいから、名前を言って。そしたら楽屋のほうへ連れてってくれるから」

「はあ……」

「待ってるよ。それじゃあ」

光音からヴァイオリンの入ったケースを受け取ると、ケリーは小走りで店から出て行った。その後ろ姿を見送り、光音はようやく我に返る。

「あ……しまった！」

楽器を買ってくれたお客様は、店先まで見送るのがここのルールだ。よりにもよって最高級のヴァイオリンを買っていった人を、それもケリーを突っ立ったまま見送ってしまい、光音は血相を変えて店の外へ飛び出した。

「ケリーさん！」

ケリーはちょうど、店の前に停めた車に乗り込もうとしているところだった。ドアを開けたままこちらを振り返ると、彼は爽やかに笑って手を振った。

「さっきの約束、忘れないでね！」

彼を乗せた白い車は、あっという間に立ち去った。残された光音は、まるで今まで夢でも見ていたような気分で、呆然《ぼうぜん》と立ち尽くす。

「信じられない……」

思わず声に出た。

ドア鈴を鳴らしながら店内に戻ると、いつもと違う感じがした。なんだろう。少し考えて、わかった。オーデコロンの香りだ。ムスクの混じった淡いその余韻は、まさしくケリーがいたということの証明だった。

あんな即決をするぐらいだ。きっと父のヴァイオリンを相当気に入ってくれたのだろう。そのお陰で食事に誘われるという幸運が回ってきたのだと思い、光音はギャラリーに向かって手を合わせた。嬉しい。三日後、自分はあのケリーと食事をするのだ。

「ありがとう、父さんのお陰だ……！」

ギャラリーに並んでいる父のヴァイオリンに向かって、光音は心からそう言った。

心臓はまだ、ドキドキと高鳴っていた。

◆◇◆

待ちに待ったコンサートの日がやってきた。

光音はシャツの上から黒いブレザーを羽織り、ほんの少しお洒落をして会場へ向かった。腕には、青と白の薔薇《ばら》で作られた花束が大事そうに抱えられている。

「よっ、アルト！」

「トマスさん！」

会場の入り口で声をかけてきたのは、今回チケットを取ってくれた知人のトマスだった。

トマスはフリーの音楽ジャーナリストで、子供の頃、父の取材に来たことから仲良くなった。背が高く、うなじまで伸びた栗色の髪を後ろに撫《な》でつけており、顎《あご》には鬚《ひげ》を生やしている。年は四十半ばに差しかかっているが、襟元《えりもと》の開いたシャツや、そこから覗く艶《つや》のある肌、大きな若葉色の瞳が、彼を年齢よりも若々しく見せている。

当然、トマスとは席が隣同士なので、光音は彼と並んでホールへと向かった。

「今日は本当にありがとうございます。チケット取れなかったらどうしようかと」

「いいんだよ。それより、センスのいい花束じゃないか。ステージに投げるのか？」

「いえ、それが……」

光音はケリーが店に来た時のことをトマスに話した。それで、この後一緒に食事へ行くのだと話すと、彼は目を丸くした。

「そりゃ凄いな！　あの一匹狼に誘われるなんて」

「そうなんですか？」

「ああ。ケリーって普段ニコニコしてるけど、かなりシャイらしいんだ。交友関係はほとんど聞かないし、取材申し込むのもかなり難しいんだぜ。お前、よっぽど気に入られたんだな」

「そんな。父さんのお陰ですよ」

光音は頬《ほお》を赤くした。トマスの話を聞いて、自分は本当に幸運だったのだと改めて思う。

席は前から五列目の中央という、非常に見やすい位置だった。座る際、光音は一度会場全体を見回して、あまりの迫力に溜息《ためいき》を漏らした。

三千人近くを収容できるというホールは既にほぼ満席で、皆期待で湧き立ちながらステージが始まるのを待っていた。クラシックのコンサートには珍しく、あちこちからキャッキャッと黄色い声が聞こえてくる。

「いい男だからな、ケリーは」

トマスが言い、光音も笑ってそれに頷《うなず》き返した。今のところ恋人の噂《うわさ》は聞いたことのないケリーだが、彼がモテることは考えなくてもわかる。実力と容姿が具《そな》わっている上、媚《こび》を売らない性格。そういう男性は、女性から非常に好かれるものだ。

しばらくすると、会場が暗転し、開幕のブザーが鳴った。光音は期待で胸を弾ませながら、ステージを見つめた。

緞帳《どんちょう》がゆっくりと上がり、明るいステージ全体が現れる。指揮者の合図でオーケストラ団員がお辞儀をしたものの、そこにケリーの姿はない。皆が驚きでざわめく中、なんの問題もないといった風に演奏が始まった。

一曲目は、ヴィヴァルディの四季より《夏》。鬱《うっ》蒼《そう》とした暑さを表す前奏が、ケリー不在のまま続いていく。

そこへ、まるで矢のような緊迫感のあるソロが流れてきた。視線をやると、舞台袖から真っ黒な衣装に身を包んだケリーが、ヴァイオリンを弾きながらステージ中央へ向かって歩いてくる。

会場が一気に拍手と歓声で包まれた。すると指揮者の隣まで来たケリーは、「黙れ」とでも言うように客席を睨みつけた。その殺気にやられて、観客がピタリと静まり返る。

光音も息を呑み、身体を揺すって激しい演奏をする彼の姿を見つめた。クラシックといえば燕尾服《えんびふく》というイメージだが、ケリーはそういう格好を一切しない。今日も黒のナポレオンジャケットと、黒のレザーパンツ、さらに黒の革靴といった服装だった。

圧巻の一曲目を終え、指揮者がまたお辞儀をする。また拍手が沸き起こる中、ケリーは弓の柄でトントンと肩を叩いていた。腕まくりをした袖から逞しい腕の筋が露《あらわ》になっていて、その色気に若い女性客が甲高い声をあげる。

光音も精一杯拍手を送った。だがふと、ステージ上のケリーを見て不思議に思う。

彼はまるで、こちらの声援など耳に入っていないかのように床を見つめていた。笑顔どころか、会釈すらしてくれない。ステージではいつもこういう態度なので驚きはしないが、この前会った時とはあまりにも別人だ。集中次第で、人はここまで変わるものだろうか。

光音の疑問をよそに、コンサートは順調に進んだ。サラサーテ《ツィゴイネルワルゼン》、ブラームス《ハンガリー舞曲》など、有名で臨場感のある曲が続き、あまりクラシックに精通していない人でも楽しめる内容になっていた。

最後に、ケリーはアンコールで再びステージに姿を現し、ピアノの伴奏でショパンの《ノクターン》を弾いた。哀愁あるバラードは公演の締めくくりにピッタリで、濃厚すぎるほどの色気と愁いが胸をついた。あちこちですすり泣く観客の声を聞きながら、光音もまた、目を潤ませてケリーの姿を見つめた。

その時。ケリーが一瞬、こちらを見たような気がした。

いいや、気がしたのではない。実際に目が合った。ひょっとすると、ここで自分が見ていたことに気づいてくれたのかなと光音は思った。だがケリーはすぐに視線をそらしてしまい、自己の世界に浸るように目を瞑《つぶ》って、残りのフレーズを弾いた。

演奏が終わると、物凄いスタンディングオベーションとともに、次から次へとステージに花が投げられた。しかしケリーは、興味ないと言わんばかりにさっさと舞台袖へ引き上げてしまう。そんな彼の素っ気ない態度を見て、光音は呆気《あっけ》に取られていた。

舞台の照明は客席が見えないほど眩しいと聞くけれど、さっきは確実に目が合ったと思う。それなのにあんな態度を取られると、この後食事に誘われていることが、自分の勘違いのように思えてくる。

「どうしたんだよ、浮かない顔して。この後、いよいよケリーとデートだろ?」

会場を出る時、少し元気をなくした様子をトマスに見破られて、光音は苦笑した。

「緊張してしまって……」

「人見知りだからなあ、アルトは。スタッフに名前を言えばいいんだろ？　俺が言ってやるよ。おーい、そこの君！」

　片手を上げて、トマスは近くにいた男性スタッフを呼び止めると、彼に光音の名を告げた。尻込みしている光音に、スタッフは「お待ちしておりました」と、愛想よく笑いかけてくれる。

「じゃあな、楽しんでこいよ。今度会ったら、俺にも色々聞かせてくれ」

　笑顔で去っていくトマスに手を振り、光音は案内するスタッフの後に続いた。

　しばらく進むと、マスコミ陣が集まっているのが見えた。囲み取材というやつだ。テレビでしかお目にかかったことのないその光景を、光音は緊張しながら見つめる。カメラのシャッター音とともに飛び交う英語の質問。その中心にケリーの姿を見つけて、ドキッとなった。

　さっきみたいに無愛想だったらどうしよう、と若干不安が込み上げる。だがそこにいたのは、あの日会ったのと同じ、控えめでにこやかなケリーだった。

　次から次へと浴びせられる質問に対し、彼は丁寧な口調で答えている。もう少し傍《そば》に寄って聞けないかと思っていると、後ろからトントンと肩を叩かれた。振り向くと、髪をピッタリまとめた背の高い金髪女性がこちらを見下ろしていた。

「ミスター・アルトですか？」

「は、はい……？」

「私、ケリーの妹のミランダと申します。彼のマネージャーをしています」

　知的な笑顔で言われ、光音は慌てて背筋を正した。

「あっ……はじめまして！　今日は図々《ずうずう》しくも、こんなところまで来てしまってすみません」

「何を仰《おっしゃ》いますか、兄が呼んだんでしょう？　あまり人付き合いをしない人だから、こんなこと滅多にないんですよ。だから私も嬉しくて」

ミランダはケリーと同じ緑の目をした、美しい人だった。穏やかなケリーとは少し雰囲気が違い、きびきびとした感じの女性である。

「この前、お店で貴方《あなた》とお話ししたようですけど、何か失礼はなかったかしら？　兄ってば、このツアー中、ずっとピリピリしていたものですから」

「そんなことないですよ。凄く朗らかで、本当に素晴らしい人だなって感動しています」

そうしてミランダと話していると、まだ取材から解放されないケリーが一瞬こちらを見た。

「すみません。大切な人が来てくれたようなので、今日はこれで」

取材陣に断りを入れ、彼は目を細めて歩み寄ってくる。

「アルト！」

「えっ？」

「嬉しいよ、本当に来てくれたんだね。さあ、行こうか」

ケリーはそう言って、優しく背中を押してきた。

そこへミランダが腰に手を当て、厳しい口調で言う。

「兄さん、アルトさんに迷惑かけちゃ駄目よ」

「大丈夫だよ」

ミランダに言ってから、再び笑顔を向けてくれたケリーに、光音はドキドキしながら問いかける。

「あの、大切な人って……？」

「うん、来てるよ」

ケリーはふわりと笑った。

「君が来てくれた」

そのひとことで、耳まで赤くなってしまった。


ケリーのあまりにもストレートな好意にぽーっとなったまま、光音は控え室のような場所に通された。

どうやら誰も使っていない部屋らしく、テーブルにペットボトルの水だけ、何本か置かれてある。

「喉《のど》渇いてない？　それ、好きに飲んでくれていいからね」

　そう言いながら、ケリーはジャケットを脱ぎ始めた。下に着ていたのは黒いタンクトップで、想像以上に筋肉質な腕と肩が露になった。

　あんなに力強くヴァイオリンを弾くのだ。きっと普段から鍛えているのだろう。見れば、髪の襟足が汗で湿っており、演奏の激しさを物語っているようだった。彼の背中をじっと見つめながら、光音はさっき言われた言葉を頭の中で反芻《はんすう》する。

（大切な人……）

　人付き合いが良くないと言われているが、誠実な彼は、きっと友人をそんな風に紹介する人なのだろう。そうはわかっていても、なんだか特別視されたようで頭の中がふわふわする。

　アンコールの最中に無視されたように感じたのは、やはり気のせいだ。むしろ、集中している彼に対して、そんなくだらないことを考えてしまった自分を光音は恥じた。

「ケリーさん。これ、良かったら受け取ってください。コンサート素晴らしかったです」

　汗を拭《ふ》いているところへ花束を差し出すと、彼は嬉しそうに受け取ってくれた。

「青い薔薇？　凄く神秘的だね。ありがとう、大事にするよ」

　気取った感じの花束も、ケリーが持つと驚くほど様になる。上品な顔と、ワイルドな肉体はなかなか噛《か》み合いそうにないのに、全て見事に調和しているのが不思議だ。

「今日は何を食べにいこうか。君は普段、どんなところで食事しているの？」

　ケリーが言い、光音は曖昧《あいまい》に笑った。

「あまり外では食べないんです。たまにファーストフード店を使うぐらいで」

「じゃあ、そこへ連れていって」

「そんな。もっといいお店探しますよ」

光音はスマートフォンを取り出して言ったが、ケリーは「いいよ」と笑った。

「俺も普通っぽいところのほうが好きなんだ。待っててて、すぐ着替えてくる」

ポカンとする光音を残し、彼は一度楽屋を出ると、白い長袖のTシャツとジーンズに着替えて戻ってきた。一応変装のつもりなのか、淡いブラウンのサングラスをかけている。

あまりコンサートホールに近すぎる店もどうかと思ったが、ローマ市内は駐車場のある店が少ないため、必然的に徒歩で行ける店を選ぶことになる。その中で、比較的落ち着いた雰囲気の店に、光音は彼を連れていくことにした。

「ローマって、景色が素敵だよね。なんだか、別世界に飛び込んだような気分になるよ」

セピア色やオレンジ色の建物が並んだ統一感のある街並みを、ケリーは眩しそうに見回していた。文化遺産の多いローマは、国がいろんな規制をして景観を保っているため、街全体に物語性があるように感じる。ケリーがこんな景色の中にいると、本当に映画の中のワンシーンのようだと光音は思った。

店は、コンサートホールから歩いて十分ぐらいのところにあった。ファーストフード店のわりにシックな内装で統一されており、客席と客席が離れているのを光音は気に入っている。

「ここでいいですか？」

「もちろん。いい雰囲気の店だね。君のイメージにぴったりだ」

中に入るなり、ケリーはそう言って笑った。だがその瞬間、店にいた女性客が一斉にこちらを向いたのに光音は気づいた。

どう見ても、皆ケリーに熱い視線を送っている。イタリアの女性は情熱的なので、基本的に好意を隠すことをしない。そもそも明るいブロンドの髪は、ただでさえ目立つのだ。しかもケリーは背が高いので、立っていると余計に人目を引く。

　だが当の本人に全く気にした様子はない。注目されることには、もはや慣れっこなのだろう。

　カウンターで注文した品を受け取ると、なるべく隅に近い席に向かい合って座り、光音はようやくホッと息をついた。

「お腹空《す》いたな」

　座るなり溜息交じりに言ったケリーを見て、光音は小さく噴き出す。

「そりゃそうですよ。あんなに激しい演奏をしていたんだから。実は今日、知り合いと一緒に見ていたんですけど、その人も凄く感動していました」

「あれ、一人じゃなかったの？　ひょっとして、今日はその人と約束があったんじゃ……」

「いえ、チケットを分けてもらっただけです。あちこちに伝手の多い人なので、チケット取るのが難しい時は、いつもお世話になっているんです」

　するとケリーは、少し表情を引きつらせた。

「それってまさか、君のいい人？」

「はい、凄くいい人ですよ。子供の頃なんか、よく遊園地とかも連れていってもらってました」

「いや……そういう意味で言ったんじゃないんだけど」

　気まずそうに頬を掻《か》き、ケリーはまあいいかという表情で微笑んだ。

「とにかく腹ペコだ。食べよう」

　そう言ってハンバーガーを摑《つか》んだ手を見ると、やはり大きい。ここのハンバーガーは結構大きめな部類に入るのに、すっぽり掌《てのひら》に収まっている。

　また、上品な印象とは裏腹に、ケリーはワイルドにハンバーガーへとかぶりついた。だが口にケチャップひとつつけないところは、やはり彼らしい。ケリーは見た目に華があるだけでなく、仕草も美しいのだ。彼のちょっとした動作を貴重な体験のように思いながら、光音もポテトに手を伸ばす。

「訊《き》いてもいい？」

　声をかけられ、光音は顔を上げた。

「君は、どうしてヴァイオリン職人になろうと思ったの？　やっぱりお父さんの影響？」

「それもありますけど……」

　貴方の影響ですよ、とは恥ずかしいので心の中だけで言い返す。

「昔から、物を作るのが好きなんです。渡す相手のことを考えながら、何かを作るのが楽しくて」

「へえ」

　照れたように話す光音の顔を、ケリーは頬杖をつき、目を細めながら見つめてきた。

　緊張のあまり、光音は慌てて視線を伏せる。観察したいのはこっちなのに、これでは質問したいことも訊けない。昨夜、ほとんどケリーにインタビューするような心意気で、質問事項をメモに書きしたためていたというのに。

「きっとそのうち、素晴らしいヴァイオリンを作るようになるんだろうね」

　ケリーの言葉に、光音は苦笑で返した。

「わかりません。そうできればいいと思ってますけど……」

「何か悩んでるの？」

「ずっと悩みっぱなしですよ。七年もやってきて、一度も商品を出せたことはないし」

「それじゃ、俺と同じだ」

　信じられない発言に、光音は目を丸くする。

「俺も、ずっと悩みっぱなし。憧れの人がいるのに、あと少しのところで手が届かない。ずっと歯がゆい思いをしているよ」

　そう言って、少し目を伏せたケリーの顔を、光音は見つめる。

「ケリーさんほどの人が憧れるなんて……。その人もヴァイオリニストなんですか？」

「うん。俺なんかより、何倍も凄い人だよ」

「ひょっとして、歴史上の人物とか？」

「そうじゃないけど、きっと彼もそうなる」

彼、ということは男性か。何人か候補を思い浮かべてみたが、なんとなくピンとこない。

「でも、憧れがあるっていいですよね。生きがいになるっていうか」

「そうかな？」

「僕の場合はそうです。昔ね……母が病気で死んだ時、あまりにも悲しくて、学校にも行けなくなってしまって。あんまり僕の状態が酷《ひど》いから、さっき言っていた知り合いが、元気づけようとしてコンサートに連れ出してくれたんです。そこで初めて、ケリーさんを見たんですよ」

そう話すと、ケリーは悲しそうに眉《まゆ》を寄せた。

「お母さんが……。それは、辛《つら》かっただろうね」

「ええ……。でも、ケリーさんと出会えたから」

光音は言った。

「《カノン》を聴いて、ファンになったって言ったでしょう？　あの時、本当にケリーさんの演奏に心を救われたんです。それからケリーさんに夢中になって、いつの間にか元の日常が戻ってきました。職人を目指す決意をしたのも、その時です」

当時の心境を思い出すように、光音は胸に手を当てる。すると、サングラスの奥のケリーの瞳が、かすかに潤んだような気がした。

「そんな風に言ってもらえるなんて……嬉しいよ。どうもありがとう」

「なんでケリーさんがお礼を言うんですか？　感謝してるのは僕のほうなのに」

「ううん……ありがとう」

彼はなんともいえない微笑を浮かべていた。柔らかいのに、どこか寂しそうにも見えるその表情は、儚《はかな》い光のように見える。

「アルト」

「はい？」

「実は今日……君に、受け取ってほしいものがあるんだ」

ケリーはそう言って、ズボンのポケットから何かを取り出した。

渡されたのは、手紙を入れるような白い封筒だった。両手で恭《うやうや》しくそれを受け取り、光音は目を輝かせる。

「な、なんだろう？　開けてもいいですか？」

「どうぞ」

少し緊張気味な顔で言われて、こちらまで緊張した。のりやテープがついていなかったため、封はすぐに開いた。

「……？」

光音は目を見張った。中から出てきたのは、ぐしゃぐしゃに折り曲げられた、皺《しわ》くちゃの青い紙屑《かみくず》だ。

なんだろうか、これは。

よく見ると、紙は青と白い面とが表裏になっている。ひょっとして中に何か書かれているのかと思い、広げようとすると、

「ああっ……！」

と、ケリーが絶望的な声をあげた。どうやらこの状態に意味があるらしい。

光音は困った。非常に困った。ケリーからの貴重なプレゼントだというのに、これがなんなのかさっぱりわからない。いっそのこと「これはなんですか」と訊いてしまいたいが、何やら期待の籠もった眼差《まなざ》しでこちらの反応を窺《うかが》っているため、質問するのも憚《はばか》られる。

もう一度注意深く見てみると、尖《とが》った部分が数ヶ所ある。やけくそに折り曲げられているように見えたが、意図してこの形にしているのかもしれないと気づき、ようやくピンときた。

「ひょっとして、折り紙……ですか？」

「そう！　今朝、インターネットを見ながら一生懸命作ったんだ」

衝撃的だった。いったい何をどうすれば、こんなに下手《へた》に折れるのだろう。

「あ……ありがとうございます！　僕のために作ってくれたなんて、嬉しいなあ！」

「なんの形かわかる？」

真顔で言われて、背中にいやな汗が浮かんだ。折り紙と判断するのにも相当時間がかかったというのに、どう形を推理しろというのか。

「えーっと。魚……かな？」

当てずっぽうに言った。すると、

「鳥だよ……！」

ケリーがショックを受けたような声で言った。言われてみれば、魚のヒレと思われた部分が鳥の羽にも見えなくもない。

光音はしゅんと肩を縮こまらせた。

「すみません、気づかなくて……」

「おかしいな、書いてあるとおり作ったはずなんだけど」

ケリーはしきりに首を傾げている。どうやら初心者らしい。自分が日本人の名前をしているから、こういうプレゼントを考えてくれたのだろうか。

それにしても純朴な人だ。もはやヴァイオリン界の頂点を極めているといっても過言ではないのに、煌《きら》びやかなイメージとはあまりにもギャップがある。

気まずさを感じながらも、光音は遠慮がちに問いかけた。

「ちなみに、なんの鳥だったんですか？」

「秘密」

ケリーはそう言って、意味深に笑った。それ以上訊くのは申し訳ないと思い、光音は黙ってジュースに手を伸ばした。

（鳥、か……）

ストローに口をつけながら、ふと思い出す。

ケリーがデビューして一年ほど経った時のことだ。一時期彼は、活動を休止していたことがある。なんでも打ち合わせ中にスタッフと揉《も》めたとかで、ステージから転落し、脚の骨を折ったのだ。

ちょうどローマでの公演が予定されていた時期だったが、当然中止になった。光音はかなりのショックを受けながらも、きっとケリーのほうが悲しいだろうと思い、彼に励ましの手紙を書いた。そこに、鳩《はと》の折り紙を入れた覚えがある。

日本では、病気や怪我《けが》をした人に、ツルという鳥の折り紙を贈るのだと父から聞いた。しかしツルは光音もよく知らない鳥だし、ケリーもたぶん知らないだろうと思った。そこで、幸福の象徴である鳩にしたのだ。

しかし、あの時書いた手紙は、今思えばちょっと恥ずかしい内容だったと思う。

『僕はケリーさんの《カノン》に心を救われました。僕は貴方の優しい演奏が大好きです。貴方はとても愛情深い人なのだと思います。そんな貴方に、いつか僕の作ったヴァイオリンを弾いてもらいたいです。早く怪我を治して、元気な姿を見せてください。

Alto.H』

確かそんな感じだ。まだヴァイオリン作りを始めたばかりだったから、その難しさを理解できていなかった。今ではそんなこと、図々しくてとても言えない。

（でも、正直だったな……）

よくよく考えれば、ケリーに相応しいヴァイオリンを作りたくて職人になったのに、いつの間にか、心のどこかで叶《かな》いっこない願いだと思うようになっていた。ヴァイオリン作りがいつまでも上達しないのは、きっとそのせいだ。自信をなくして、願いと行動が一致しなくなっていたのかもしれない。

いきなり自信を持つことはできないだろう。でも、目標を見失わないようにするのは、それほど困難ではない気がする。

ケリーのくれた折り紙の鳥が、思いがけず、熱い気持ちを取り戻させてくれた。光音は大切そうにそれを手に取り、ケリーに微笑みかけた。

「これ、大事にしますね」

「気を遣わなくていいよ。自分でも、下手だってわ

かっているから」

「ケリーさんが作ってくれたんですよ。そんなの、宝物に決まってるじゃないですか」

歪《いびつ》だからこそ、伝わってくるものもある。この鳥を見ていると、ケリーの性格が色々とわかってくるような気がした。

「君は、優しいんだな……」

そう言ったケリーの頬は、心なしか赤くなっていた。

「もう少し、話をしてもいい？」

「もちろんです」

「じゃあ、音楽の話をしよう。俺、そういう話題しか話が進まないんだ」

それを聞き、光音は嬉しくなった。音楽のことばかり話してしまうのは、自分も同じ。同じということに、深い感動を覚える。

そして思った。この人を、もっと知りたい。

知って、いつか、彼の心に添えるヴァイオリンを作りたい。その時が来るまで、こんな特別なことは一度きり。だから、この貴重な時間を大切に過ごそうと光音は思った。

頷くと、ケリーがふわりと目を細めた。淡いブラウンのレンズに遮られていても、彼の瞳が発する光は、息が苦しくなるほど眩しかった。

◆◇◆

コンサート二日目。ケリーのツアー千秋楽は、大成功をもって幕を下ろしたそうだ。

夜になり、早速インターネットに掲示されたケリーの記事を、光音は自室で感慨深い表情で読んでいた。

パソコンの横には、ケリーから貰《もら》った鳥の折り紙が飾られている。

サングラスの奥の瞳を細め、じっとこちらの話を聞いてくれる表情が素敵だった。コーヒーカップを持つ手のゴツゴツした感じ。甘やかな声。どれを思い出してもケリーという人は眩しい。

　ふと、窓の外に目をやった。すぐそこに見える父の店の二階は、深夜にもかかわらずまだ灯《あか》りがついている。

　光音はパソコンを閉じると、Tシャツの上にパーカーを羽織り、自宅を出て店に向かった。二階のアトリエに上がると、そこではやはり、父が黙々と作業を続けていた。

「父さん、まだ終わらない？　コーヒーでも淹れようか」

「ん……ああ。もう少しで終わるからいいよ。ありがとうな」

　軽くこちらを振り向いた父は、光音と同じような黒縁の眼鏡をかけている。鼻から下は似ていると言われるが、目元はあまり似ていない。

「なんだか熱中してしまってな。作れば作るほど愛《いと》しくなるもんだ」

嬉しそうに言う父の背中を、光音はじっと見つめた。父のヴァイオリンを見る瞳は、恋人を見るそれに近い気がする。

「あまり無茶しないでね」

　できればしばらく作業を見学していたいが、あまり見すぎると父の気を散らしてしまう。なるべく音を立てないように階段を下り、光音は再び店の外へ出た。そこへ、

「あれ……？」

　なんだろうか。どこからともなく、美しいヴァイオリンの音が聴こえてくる。

　物悲しいフレーズ……スカルラッティの《ソナタ・ヘ長調》だ。そこに胸を締めつけるような狂おしい波長を感じ取り、光音は息を呑んだ。

　似ている、ケリーの音色に。しかもCDなどの録音ではなく、あきらかに生演奏だ。

　でもなぜこんな時間に？　訝《いぶか》りつつも、光音は誘われるようにして、街灯に照らされた夜道を歩き出

した。

音が聴こえてくる方向を頼りに進んでいくと、それはどんどん大きくなり、距離が近づいていくのがわかった。

かなり歩いて、ヴェネツィア広場まで出た。巨大なヴェネツィア宮殿の前には、一人の人影がある。ゆったりと身体を揺らしてヴァイオリンを奏でているその姿は、表情を確かめずとも、己の世界観に浸っているのが見て取れた。

「ケリー、さん……？」

呼びかけると、彼はピタリと演奏を止めた。さらに光音が距離を詰めると、ようやく顔が見えてきて、無表情でこちらを見下ろすケリーと目が合った。

「やっぱりケリーさんだ！　どうしたんですか？　こんな時間に」

問いかけたものの、彼は何も答えない。人違いかと思ったが、そこにいる男は、どう見てもケリーの姿形をしている。

「あの……そっちから僕の顔、見えませんか？　光音です、この前お世話になった」

「……」

「き、聞こえてます？　ケリーさ――」

「アルト」

やけにゆっくりとした低い口調で、彼は突然そう言った。

「なるほど、お前が手紙のガキか」

「え……」

あまりにも物騒な物言いに、光音は凍りつく。ケリーはゆっくりとこちらへ歩み寄り、じっと顔を近づけてきた。そして、

「フン」

冷たく鼻を鳴らすと、ヴァイオリンを肩に担ぎ、スタスタ歩いていってしまった。その黒い背中を、光音は幻覚でも見たような心地で見送る。

ケリーの姿が見えなくなると、反対側から警察官の男性が二人走ってきた。

「すまない、君。ここで深夜ライブなんかやっている男がいると、苦情が入って来たんだが」

「あ……いえ。片づけて、逃げてしまいました」

「そうか。ならいいんだが」

二人は「迷惑な奴だよなぁ」などとぼやきながら、もと来た道を帰っていく。

光音は再びケリーが去った方角に目をやり、しばらく狐につままれたような気持ちのまま、その場に立ち尽くしていた。


次の日は定休日だった。

あれから結局明け方まで起きていたという父を家に残し、街中のオープンカフェで、光音はトマスと話をしていた。

「オトヤさんもタフだな～。もう幾つだっけ？」

「五十一歳です。でもやっぱり、腰が痛いとか肩が凝るとか、色々言ってますよ」

「だよなぁ。俺も四十過ぎてから、どんどん酒が抜けなくなってきてさ」

困ったように頭を掻く彼を見ながら、光音は昨夜のことを言うべきかどうか迷っていた。ケリーが深夜に路上ライブなんかやって、挙句の果てに自分に謎の言葉を残して去っていったことだ。それも、とてつもなく冷たい態度で。

「ところで、ケリーとの食事はどうだった？」

ケリーのことを考えていたところへ突然彼の名前を出され、光音はハッとする。

「凄く……いい人でしたよ。ヴァイオリン作りのことにも、アドバイスくれたりして」

「へ～。じゃあ、せっかく知り合いになったんだしよ。今度新しいヴァイオリンができたら、ケリーに試し弾きをしてもらったらどうだ？」

「無理ですよ。知り合いって言ったって、一度食事しただけじゃないですか。どれだけいい人でも、ケリーさんは雲の上の人なんです……」

そう言って溜息をつく光音を、トマスは悪戯《いたずら》な表情で見つめる。

「アルトって、ケリーのこととなると、恋する乙女《おとめ》みたいになるよな」

なぜか、ギクリとした。

「何言ってるんですか……！」

「そうだ、ちょっと眼鏡はずしてみてくれないか？　アルトは母親似で綺麗な顔してるからなあ。もっと乙女って感じになるぜ」

「ああ、もう！　やめてくださいよ～！」

眼鏡を取ろうとするトマスの手を振り払うと、傍を通りかかった車がキキッ！　とブレーキ音を立てて突然停まった。

その音で、光音とトマスは思わず振り返る。中から出てきたのは金髪の男性で、その人の顔を見た瞬間、光音の心臓は跳ね上がった。

「アルト！　こんなところで会えるなんて！」

信じられない。

ケリーだった。太陽のような微笑みを浮かべ、こちらへ駆け寄ってくると、彼はすぐさまトマスに怪《け》訝《げん》な目を向けた。

「この人は？　なんだか絡まれているように見えたけど」

言われて、光音は慌てて両手を振った。

「ちっ、違います、知り合いです！　ケリーさんのチケットを取ってくれたっていう」

「ど、どうも……」

そう言って、トマスが頭を下げる。するとケリーは、ホッとした顔を見せた。

「なんだ、そうだったのか。はじめまして、ケリー・クロフォードです」

にこやかに言い、ケリーはトマスと握手を交わす。それから少し背を屈《かが》め、光音の顔を覗き込むようにしてきた。

「実は、今から君のお店に行こうと思っていたんだよ」

「えっ!?　ひょっとしてお買い物ですか？　すみません、今日は定休日で……」

「違うんだ。次の約束をしたくて」

きょとんとする光音の肩に、ケリーは手を置いてくる。

「明後日、午後から予定を空けられそうなんだ。もし良かったら、一緒に出かけないか？」

光音は驚いてしばらく答えを返せずにいたが、「オーケー？」と不安そうに問われ、無意識のうちに頷いていた。

「わ、わかりました。僕なんかで良ければ、お付き合いします」

「良かった！　それじゃあ、お昼の二時に迎えにいくよ。参ったな、凄く楽しみだ」

そう言って、丁寧にトマスにも会釈し、ケリーは車へと戻っていく。車が走り去った後、光音はカプチーノを一口飲み、ごくりと喉の音を立てた。

「おいおい、まるでデートのお誘いじゃないか。ケリーって、まさかそっちの人かぁ？」

テーブルに頬杖をつき、トマスが言う。

「失礼ですよ」と彼を諫《いさ》めながらも、光音もざわざわした気持ちを感じていた。

「トマスさんも、せっかくの機会なんだから名刺でも渡せば良かったじゃないですか……」

変な空気を誤魔化すように言うと、トマスは「あっ」という顔になった。

「しまった、その手があった！　アルトの知り合いですって言えば、アポイント取りやすくなったかもしれねぇのに」

「そんなの意味ないですよ」

頭を抱えるトマスを横目に、光音は冷めかけたカプチーノを再び飲んだ。デートだとかそういうことは置いておいて、ケリーが前と同じ穏やかな笑みを見せてくれたことに安心する。

だが、そうすると、余計疑問に思えてきた。

昨夜の彼は、いったいなんだったのだろう……と。

一昨日した約束の時間を、十分ばかり過ぎていた。

臨時休業の札をかけた店の前で、光音はそわそわとケリーが来るのを待っている。今日はボーダーのTシャツの上に青いカーディガンを羽織っているのだが、もう少し改まった服装のほうが良かっただろうか、などと考えていた。

すると一台の白い車が、そこの角を曲がってこちらへ向かってきた。光音の前で静かに停車すると、運転席から、白いジャケット姿のケリーが降りてきた。

「ごめん、遅くなって！」

爽やかに言った彼を見て、光音も笑顔になる。しかし、彼の腕に抱えられたものを見た途端、目を丸くしてしまった。

「君に」

そう言って渡されたのは、巨大な薔薇の花束だった。それも青や黄色ではなく、赤とピンクで彩られた、まるで恋人に渡すような花束だ。

「ありがとうございます……？」

どう反応していいかわからなかった。とりあえず礼を言うと、ケリーは屈託ない表情で微笑んだ。

「アルトは花が似合うね。気に入ってもらえただろうか？」

「も、もちろんです！　ケリーさんから貰えるものなら、なんだって嬉しいですよ！」

「良かった」

嬉しそうに言って、彼は助手席のドアを開けてくれた。

「乗って。今日は俺がエスコートする」

光音は頷き、緊張気味にシートへ腰を下ろした。

すると、花束のリボンのところにメッセージカードが添えられてあるのに気づいた。くるりとひっくり返すと、そこにはイタリア語でこう書かれてあった。

『美しい君へ』

見た瞬間、心臓が大きな音を立てた。

そこへ運転席のドアが開き、光音は慌ててカードを隠すようにする。

「ちょっと郊外へ行こうと思って」

ケリーがシートベルトを締めながら言った。

彼がエンジンをかけると、光音はこっそり、もう一度カードの文字を見た。そこにはやはり、『美しい君へ』と書かれてある。

いったいこれはどういう意味なのか。疑問に思った時、トマスの言った言葉が脳裏《のうり》に蘇った。

――まるでデートのお誘いじゃないか。

まさか！　と、光音は彼の声を振り払うように首を振る。だが胸のざわつきは治まらない。気を紛らわせるように、過ぎ去る外の景色に視線を移した。

車はしばらく市街地を通り、それから静かなドライブウェイに抜けた。車通りの少ない海沿いの一本道を、ケリーは軽快にハンドルをきって進んでいく。光音は運転免許をまだ持っていないが、カーブのたびに身体を振り回すような父の運転に比べると、彼の運転はかなり上手《じょうず》なのだと思った。

小一時間ほど走ると、海水浴場が見えてきた。今はもう九月の後半。空気がすっかり冷たくなっているので、泳いでいる人は一人もいない。何人か記念撮影をしている人がいたが、それでもちらほらだ。ケリーはその近くに車を停めると、大きく伸びをして、砂浜のほうへ歩いていった。

「いい景色だ」

光音も後に続いた。細かい砂が靴を捕らえて歩きづらかったが、淡い日差しと、涼しい海風が心地よくて、つい目を細めてしまう。

「僕、今日はてっきり市内を観光されるのかと思ってました」

「それもしたかったんだけど、市内は人が多いから、ゆっくり過ごせないだろう？」

　砂浜の抵抗をものともせず、彼はざくざくとこちらへ歩み寄ってくる。

「海は好き？」

「好きですよ。ここ、子供の頃によく来ていたんです」

「そっか」

　ケリーは微笑んだ。

「青い空に、青い海……ここはなんでも綺麗だな。君は、こういう景色の中で、生まれ育ったんだね」

　そう言って、ケリーは砂浜に腰を下ろした。そしてポケットから水色のハンカチを取り出すと、隣に広げて光音に勧めてくれた。

「座りなよ」

「い、いいですよ！　直接座っても大丈夫ですから」

「でも、もう敷いてしまった」

　確かに、砂に敷いた時点で既に汚れている気がする。光音はかなり躊躇したが、あまりにも彼が勧めてくれるので、好意を無駄にしてはならないと思い、ハンカチに腰を落とした。

「すみません、なんか……」

「気にしないで。大切な人に何かしたいって思うのは、当たり前だろ」

　リラックスした様子で海を見るケリーの横顔を、光音は膝《ひざ》を抱えて見つめる。

「ケリーさんって、優しいですね」

「そんなことないよ」

「ありますよ。僕、初めてケリーさんの演奏を聴いた時、思ったんです。この人は、凄く愛情深い人なんだなって。あんなに優しい演奏、それまで聴いたことなかった」

　ケリーの顔がこちらを向く。目が合うと、背中がきゅっとなる感覚がして、光音は視線を落としてしまった。

「音は、嘘《うそ》をつかないんです」

「どういうこと？」

「弾く人の心は、そのまま音の波長になります。耳を澄ませば、その人の心がちゃんと伝わってくるんです」

　人前に出る時は優しいのに、実際会うと横柄だった音楽家を何人も見てきた。そういう奏者の音は、たとえ技術で人を圧倒させても、心の底に響くようなものにはならない。敏感な聴衆は、無意識なりとも、確実にそれを聴き分けているのだ。

「だから僕は、会う前からケリーさんが素晴らしい人だとわかってました。会ってからは、ますますそう思うようになりました」

　それは、嘘偽りのない、まっすぐな気持ちだった。褒め称《たた》えようとしているのではない。自分が、ただ純粋にそう思ったのだということを、ケリーに伝えたかった。

　風が、長い前髪をふわりと揺らす。光る海面を見つめながら、光音は言った。

「ケリーさんは、なぜヴァイオリニストになったんですか？」

　知りたかった。異なるふたつの音色を持つ彼が、何を人々に伝えようとしているのか。

　ケリーは、しばらく口をつぐんでいた。

「……わからない。なるべくして、なったのだと思う」

　そう言ってから、「でも」と彼は言葉を続けた。

「俺の演奏で、世界中の人たちが幸せになってくれれば嬉しい。そのためなら、なんだって耐えようと思える」

　真剣なケリーの横顔を見て、膝を抱く光音の腕に力が込もった。

　やはり、実直な人だ。

　優しいだけじゃない。純粋で、人への想いに溢れていて、本当に音楽を愛している人。知れば知るほど、心の中で何かが膨らんでいくのを感じる。

「僕……不思議です。貴方みたいな人が、なぜ僕なんか誘ってくれたのかなって」

「話がしたかったからだよ」

「でも、ケリーさんだったら、もっと素敵な人がいっぱい寄ってくるはずなのに」

そう言って、光音はケリーのほうを見やる。すると彼は、それこそ不思議そうに目を見開いた。

「どうして？　アルトは素敵じゃないか」

その言葉が、心をふわりとすくい上げた。

「君は、人の心に耳を傾けられる人だ。どんな小さな叫びも逃さない優しい人。俺も……ずっと前からそれを知ってる」

さざ波の音が、一瞬の静寂に覆い被さる。波が引くと、ケリーは言葉を続けた。

「この前、オリガミの鳥を渡しただろう？　あれ、一応メッセージのつもりだったんだけど……俺のは下手すぎて、気づいてもらえなかったね」

光音の胸が、大きな音を立てて動いた。ケリーは小さく笑って、再び海へ視線を移す。

「何年か前に、あれと同じものをくれた人がいたんだ。優しい手紙と一緒に」

「それって――」

言いかけた光音の言葉を遮るように、ケリーは立ち上がった。

「せっかくだし、ちょっと遊んでいこうか」

彼は少し歩くと、靴と靴下を脱ぎ、ジーンズの裾《すそ》を折り曲げて海に入っていった。この季節、海水の温度はかなり低くなっているはずなので、案の定「冷たい！」と叫んでいる。

光音も立ち上がり、波打ち際まで近づいた。

「海に入るなんて何年振りかな。この冷たさが、生きてる感覚を与えてくれるようだ」

まだ夕刻にはなっていないが、太陽は既に西日となっていて、海の向こうからこちらをオレンジ色に照らしている。その日差しをしばらく見つめて、ケリーは光音に振り返った。

「素晴らしい休日だ」

逆光に照らされた姿は、光音にとって本当の神様のように見えた。彼はまるで、光の粉を飛ばしているみたいで、それにむせ返りそうになる。

凄い人、雲の上の人だ。なのに彼はこんなにも屈託なく笑って、手の届くところにいる。

手を伸ばしたくても、憚られてしまう。触れたくても触れられない。寄せては引く波の動きが、自分の心のようだと光音は思った。

「手紙……」

思い切って、足を前に出す。

「もしかして、読んでくれたんですか？　僕の——」

言いかけた時、ふとこの前の夜のことが脳裏に蘇った。

——お前が手紙のガキか。

そう言った声と表情の冷たさが、進もうとした足を止める。そこへ勢いよく波が打ち寄せてきて、光音は慌ててあとずさった。

「うわ……っ！」

「アルト！」

焦って後ろに下がったはずみで、砂に踵《かかと》が引っかかった。後ろ向きに倒れそうになり、光音はぎゅっと目を瞑る。

だが次の瞬間、力強い温かさに包まれて、身体が反転したような気がした。倒れた衝撃はほとんど感じず、ゆっくりと目を開けると、そこには仰向《あおむ》けで砂地に転がるケリーの顔があった。

「いてて……。大丈夫だった？　アルト」

あまりにも近くで彼の顔を見てしまい、心臓のボルテージが一気に上昇する。彼に覆い被さる形になっていると気づき、凄まじい動揺が込み上げてきた。

「あ、わ……ごめんなさい……！」

真っ赤になっている光音を見上げ、ケリーは楽しそうに声をあげて笑う。

「眼鏡、ずれてるよ」

突然色っぽい声で言われて、眼鏡のつるに手がかけられた。

「はずしてみても、いい？」

はやる心臓をこらえ、小さく頷く。するとケリーは、静かに眼鏡をはずし、驚いたように光音を見上げた。

「綺麗だ……君は、こんな顔をしていたんだね」

「あの、恥ずかしいです……」

光音が身体を起こそうとすると、逃がさないと言うかのように、ケリーは背中を抱いてくる。

「ごめん、もう少しだけこうさせて」

そんなことを言われて、拒めるわけがなかった。光音は彼の逞しい胸に頬を当て、強く目を閉じた。ムスクの混じったオーデコロンが鼻をくすぐり、それは、薔薇よりも甘い香りに思える。

潮風が髪を優しく撫でる。波の音が、しばしの静寂を飾るように、そっと鳴り響いている。

「よっ……と！」

突然ケリーが声をあげ、光音を抱き締めながら身を起こした。彼の膝にちょこんと座る姿勢になり、光音は赤面したままケリーの美しい顔を見つめた。

「ごめんね、驚かせて」

そう言ってきちんと眼鏡をかけ直してくれる。ケリーは立ち上がると、もう一度海を見つめて伸びをした。

「本当に綺麗だ」

海に向かって言ったのか、それとも別の何かか、問いかけることはできなかった。

手紙のことも気になる。それに、あの夜のことも。あらゆる質問が浮かんでは消え、光音は何も言えずにいた。

「……あ！」

ふと視線を上げて、ぎょっとする。

「ケリーさん、後ろ砂だらけですよ！」

「後ろ？」

白いジャケットを着ていた彼の背は、今の衝撃で砂まみれになっていた。光音は急いでそれを払ったものの、細かな砂は繊細な生地の隙間《すきま》にしっかり入り込んでしまい、全て落としきることができない。

「すみません、僕のせいで……」

「いいよ。光音は痛い思いをしなかったんだろ？」

「そうですけど」

「だったらいい」

短く言って、ケリーは笑った。

「俺は、大切な人を守れたらそれでいい。そんな気がする」

爽やかな表情の中で、時折見せるこの愁いがなんだか切ない。一瞬でも目をそらすと、そこからいなくなってしまいそうな儚さすら感じる。気づけば光音は、海を見つめる彼の背に指先で触れていた。ここにいる……そう感じるだけで、途方もなく幸せにさせられた。不思議な人だ。

（もっと知りたい）

前はただ、彼に相応しいヴァイオリンを作るためだけにそう思っていた。でも今は、一人の人間としてそれを願っている気がする。

「少し歩こうか。せっかくの景色だし、たくさん見ておかないと」

さっと振り返られて、光音は慌てて彼の上着から手を放した。

「行こう」

手を差し出されて、おずおずと握り締める。手を繋《つな》ぐと、切ない感情が込み上げてきた。

「あ……」

「ん？」

振り返られて、ぶんぶんと首を振る。この苦しい気持ちは、なんと呼べばいいのだろう。

まるでこちらの手をすっぽりと包み込んでしまうような、大きな手。温かく優しい感触の中に、力強さが入り混じっている。

視線を上げると、砂で汚れた広い背中が目に入った。その逞しさが、全てを持っていってしまうような気がした。

市内へ戻り、ディナーの前にフォロ・ロマーノへ寄った時には、空はすっかり夕焼けに染まり、夜の色へと変わり始めていた。レトロなライトアップがされた雄大な遺跡を、裏の丘から、光音はケリーと並んで見つめた。

ケリーは、明日の朝、ロンドンへ帰るのだという。わかっていたことだ。ツアーが終わった以上、彼がここに長居するわけがない。

きっとまた、何年もローマへは来ないのだろう。そう考えたら、秋の夜風が、より一層冷たくなったように感じた。

「アルトは、真実の口に手を入れたことはある？」

突然、ケリーが言った。

真実の口とは、ここから近くの教会にある、石でできた巨大なマンホールの蓋だ。海神トリトーネの顔が彫られていて、嘘をついた者が口の部分に手を入れると噛みちぎられる、という言い伝えから、そういう名がつけられている。

「ありますよ。子供の頃」

「噛まれなかった？」

「当たり前でしょ、迷信なんだから。ケリーさんも、今度試しにやってみたらどうですか？」

一緒に行こう、とは言い出せなかった。彼はもう、ロンドンに帰ってしまう。その後は、こうして自分を誘ってくれることなんて、きっとない。

「俺はいいよ。噛まれたら困るから」

そう言ったケリーの横顔を、光音は見上げた。ライトアップの光に照らされた彼の顔は、ますます神々《こうごう》しく光っているが、かすかに眉を寄せた表情がどこか悲しそうで、不安になる。

「そろそろディナーへ向かおうか。喜んでもらえると嬉しいな」

振り向いた彼は、やはり笑顔だった。それを見ると、切ない感情が胸を押し上げてくる。

光音は狼狽《ろうばい》していた。

手が届かないからこそ、いつまでも目標でいてくれる。それはとてもありがたいことなのに、なぜこんなにも歯がゆい気持ちになるのだろう。

複雑な気持ちを抱えたまま、光音はケリーについて丘を下りた。それから再び車に乗って、市内を北へ向かって通り抜ける。

着いた先は、ライトアップされたサンタンジェロ城の近くだった。そこからテヴェレ川のほうへ歩いて下りていくと、一台のクルーザーが二人を待っていた。

「お待ちしておりました、クロフォード様」

スーツ姿の人たちに迎えられ、光音は戸惑いがちにケリーの顔を見上げる。

「あの、ディナーって……」

「そう、船の上。ちょっと張り切ってみた」

行こう、と背中を押され、光音はケリーと同時に足を踏み出した。

デッキの上には、四角いテーブルが一台と、椅子《いす》が二脚だけポツンと用意されており、他に乗客の姿はなかった。光音がそれを不思議がって見ていると、ほどなくしてクルーザーは出発した。

「貸し切りなんですか!?」

「もちろん。二人きりで過ごしたかったからね」

そう言われて、胸の奥がまた熱くなった。

「さあ、座って。ここの食事、凄く美味《おい》しいらしいよ」

ケリーが椅子を引いてくれ、光音はそこに腰を下ろした。テーブルの上には銀の燭台《しょくだい》が置かれていて、向かいに座ったケリーの顔を、幻想的に照らし出す。

どうしてここまでしてくれるのだろう。それに、手紙のこと。訊きたいことがたくさんあるのに、言葉に出せない。初めて会った時の緊張よりも苦しい感覚が胸を覆い尽くし、目を合わせるだけで精一杯だ。

やがてウェイターが飲み物の注文を取りに来た。

ケリーは車の運転があるし、光音はあまり酒が得意でないので、二人揃《そろ》ってアルコールの入っていないリンゴジュースを頼み、乾杯した。

　船はほとんど揺れがなく、穏やかな時間をゆっくりと運んでいく。食事は本当に美味しく、ケリーはその間、明るい会話でずっと気持ちを和ませてくれた。それがとても心地よいのに、苦しい。船が進むにつれ、彼との時間が残り少なくなっていくのだと思うと、寂しくて目元が熱くなった。

「アルト？」

　デザートのシャーベットをスプーンですくっていた時、不意に呼びかけられて、光音は顔を上げた。

「どうしたの？　浮かない顔をして」

「あ……いえ。このシャーベット、冷たいから」

　誤魔化すように笑う。すると、ケリーは席を立って言った。

「この季節には少し寒かったね。それじゃあ、メインディッシュで温まろうか」

　それが合図のように、船の中からウェイターが茶色いヴァイオリンケースを持ってくる。中を開けると、入っていたのは光音から買ったあのヴァイオリンだった。

「また君に、俺の演奏を聴いてもらいたかったんだ」

　そう言って、ケリーはヴァイオリンを構えた。

　弦に弓が触れ、流れてきたのは《カノン》のメロディーだ。風に舞う優しい音色は、静かな湖の上を滑る舟を思わせた。それは、星の浮かぶ夜空に溶け込み、この世に幸せを降らしてくれるみたいだった。

　光音は目を閉じて、彼の演奏に耳を傾けた。辛かった自分の心を、境遇ごと救ってくれた奇跡の音色。でもなぜだろう。今日の《カノン》は少し悲しい。包み込むような癒しの波長の中に、どこか切ないものを感じる。それに胸が締めつけられるような気がして、光音は服の胸元を摑んだ。

　演奏が終わり、ケリーが胸に手を当ててお辞儀をする。光音は拍手を送り、立ち上がって彼の顔を見上げた。

「また聴かせてもらえるなんて、思ってもいませんでした。この曲を聴くと、ケリーさんへの感謝の気持ちが蘇ってきます」

「俺も……君には感謝してもしきれないよ」

真剣な声で言われて、光音は首を傾《かし》げる。

「もう一曲、いいかな？　君を想って選んだんだ」

そう言って、ケリーは再びヴァイオリンを構えた。

彼が弾いたのは、光音の知らない曲だった。どこかで聴いたことがあるような気もするのだが、よく思い出せない。

ゆったりと紡がれる穏やかな音色が、船のライトで照らされた水面に反響し、辺りを包み込む。どこか感傷的なのに、甘い流れを組む旋律。

直感でわかった。これは、恋の歌だ。

そこに込められた波長の中に、光音はケリーの想いを嗅ぎ取った気がした。甘酸っぱくて、切ない、恋の気持ちを――。


（ま、まさか……）

みるみるうちに頬が赤くなる。演奏を終え、ケリーが静かに弓を降ろす。すると光音は、反射的に彼から目をそらし、船の縁へと逃げてしまった。

自分の耳はおかしくなったのかもしれない。戸惑う光音の背に、ケリーは静かな声をかけてくる。

「君に、伝えたいことがあるんだ」

彼の足音が、ゆっくりと近づいた。光音は緊張と戸惑いで高鳴る胸を抑えながら、彼のほうを振り返る。

「もう気づいていてくれていると思うけど。六年前、君がくれた手紙を読んだんだよ」

光音は息を呑んだ。やっぱりという気持ちと、同時に疑問が浮かび上がる。

「なぜ、僕なんかの手紙……覚えていてくれたんですか？」

世界で活躍するケリーの元へは、毎日数えきれないほどの手紙が届くはずだ。その中から、自分の手紙を読んでもらえたというだけでも奇跡だというのに、ましてやそれを記憶に残してくれていたなんて、すぐには信じられなかった。

「嬉しかったからだよ。俺の《カノン》を、好きだと書いてくれていた。ああ言ってくれたのは、君だけだったから」

そう言って、ケリーは長い睫毛《まつげ》を伏せる。

「あのチャリティーコンサートの後、スポンサーから言われたんだ。ノーギャラだからって手を抜いたのかって」

「え……」

「それだけじゃない、CDの録音でも、俺がああいう演奏をすると、必ず録《と》り直しをされた。調子が悪いのか？　君の音はそういうんじゃないだろうって」

「そんな……」

その話は、光音にとっても、非常にショックだった。大好きなケリーの音色、そこに込められた彼の優しさが、受け入れてもらえないなんて。

「周囲が、迫力のあるパフォーマンスを期待していることはわかっている。俺も、ステージでのああした演奏が好きだ。それでも、世界から拒まれているように感じた。俺なんか、どうして生まれたんだと思うぐらい」

ケリーは一度口をつぐみ、また微笑みかけてくる。

「でも唯一、あの音色を認めてくれた人がいた。それが君の手紙だったんだ」

「ま、まさか……」

「本当だよ。しかも、一緒に入っていた紙の鳥を見た時、なんて優しくて繊細な人だろうと思った。心が、一瞬で温かくなったよ。君は、些細《ささい》な贈り物のつもりだったかもしれないけど、俺は本当に嬉しかった。だから……」

ケリーは言った。

「だから、君に会いにきた。もっと早くそうしたかったんだけど、こちらの管理ミスで、封筒に書かれていた差出人の部分が、ほとんど破れてしまっていてね。探し出すのに、こんなにも時間がかかってしまったよ」

そう言って、ケリーはまた距離を縮めてくる。

「やっと、君に会えた」

肩に手が置かれた。心臓が壊れるかというぐらい速まって、光音はぎゅっと目を閉じる。

「君は俺の心を救ってくれたんだ。本当にありがとう、アルト」

光音は次の何かを期待していた。それはケリーのさらなる言葉か、あるいは行動だったのかもしれない。

だが礼を告げると、声に甘い余韻を残して、ケリーの手は離れていった。光音は「えっ」という思いになり、優しく微笑む彼の顔を見上げる。

お礼。そうか……彼はお礼が言いたかったのか。

神様のように思っていた人が、わざわざ礼を言うために自分の元を訪れ、こうして特別な時間まで作ってくれた。それは、天にも昇るほど嬉しいことのはずなのに、素直に喜ぶ反面、複雑な気持ちが拭《ぬぐ》い去れない。

(トマスさんが、変なこと言うから……)

さっき弾いてくれた曲の中に感じ取った恋の感情は、自分の勘違いだったのだ。ロマンティックな曲調だったから、必要以上に過敏な気持ちで聴いてしまったに過ぎない。

恥ずかしい気持ちになり、光音はますます赤くなる。同時に、重苦しい寂しさに襲われた。ケリーは明日、ロンドンへ帰るのだ。

「ケリーさん……」

多忙な彼と、いつまで経っても平凡な見習いの自分との間には次第に距離ができて、この夜のことが思い出の一部に埋もれていく。そうなるのなら、思いきって伝えようと思い、光音は視線を上げた。

「実は僕、ケリーさんに弾いてもらいたくて、ヴァイオリン職人を目指したんです」

ケリーは目を見開いた。彼が何か言うより先に、光音は言葉を続ける。

「わかっています。貴方の楽器はあのデル・ジェスで、何百年もかけて培われた音色に、僕のヴァイオリンはどう頑張っても敵《かな》わない。でも、一度でいいから弾いてほしいと思ったんです。いつか納得のいくものが完成したら、貴方に贈りたいって」

「いつか……」

「その時が来るのは、何年先になるかわかりません。でも僕、一生懸命頑張ります。貴方がいてくれる以上、諦めるつもりはないんです。だから、いつか貴方のためのヴァイオリンが仕上がったら……受け取ってもらえますか?」

次に会うのは、その時。そういう覚悟のつもりで言った。

しかしケリーは、何も言わずに目をそらしてしまった。彼の表情が少し険しくなっているのを見て、光音はいきなり夢を摘《つ》まれてしまったような感覚に陥った。

「駄目なんですか……?」

「そういうわけじゃないよ。ただ——」

言いかけて、ケリーは言葉を飲み込んだ。

光音の両目からは、大粒の涙がポロポロと零《こぼ》れていたからだ。

「す、すみませ……」

光音は俯く。

図々しい願いだとはわかっていた。この世にケリーから一声でもかけてもらいたい人が大勢いる中で、自分はなんという贅沢《ぜいたく》を望んでいるのだろうと。

でも、それが目標だったのだ。そのために、自分はこれまで頑張ってきたし、この先の人生を全て捧げてもいいと思っていた。それがいともあっさりと崩れ落ちて、どうしていいかわからなくなった。

「アルト……」

ケリーが一歩こちらに踏み出してくる。光音は「すみません」とまた小さく言って、見苦しい涙を拭おうと眼鏡をはずした。

瞬間、ケリーが息を呑むのが聞こえた。なんだろうと思って視線を上げると、突然頬を持ち上げられ、唇に柔らかいものが押し当てられた。

何が起こったのか、一瞬わからなかった。

閉じられたケリーの、長い金色の睫毛が見えた時、ようやくキスをされていると気づいた。彼は硬直する光音の肩を抱くと、さらに奥深く口づけ、唇の音を立ててゆっくりと離れていった。

「すまない。可愛《かわい》くて、つい……!」

感情を堪えるような声で言い、ケリーは光音を抱き寄せる。硬い胸板に頬が触れた時、何かが弾《はじ》けるような衝動を、光音は身体の奥で感じた。

「アルト」

甘い呼び声に、背中が震えた。

「君が好きだ」

吐息が触れ、耳朶《じだ》が溶けそうになった。細い光音の背中を、ケリーはさらに強く抱いてくる。

「こんなこと、言うべきじゃないと思っていた。ずっと我慢していたけど、もう抑えられない。君が好きだ、会う前からずっと」

「ケリーさ――」

「答えなくていい。何も言わないでくれ。今はこうして、俺の腕の中にいてほしい……」

船が旋回を始めた。

ケリーとの時間が、もうすぐ終わる。そう感じているのに、光音は何も言わずに硬直するしかできなかった。今、自分の身に起きている状況があまりにも信じられなくて、呼吸をするのもままならないほどの感覚に見舞われていた。

一度胸を離し、ケリーは言った。

「また、会いにくるよ」

真剣な表情だった。いつも朗らかな笑みを浮かべている彼の眉が、かすかに寄せられていることにまたどきりとする。

「必ず会いにくる。約束するよ」

「はい……」

そう答えると、ケリーは再び光音を抱き締めた。

「今日は本当にありがとう。さっきのキスを、どうか忘れないでくれ」

その言葉は、いつまでも光音の耳に残った。

満点の星空の下、二人を乗せた船は、静かな音を立てて滑っていった。

◆◇◆

あの特別な夜から、二週間が経った。

店のカウンターで、できたばかりの試作品を父に見せていた光音は、緊張した面持ちで父の言葉を待っていた。

「うん、いいんじゃないか」

言われた瞬間、表情がぱっと晴れるのが自分でもわかった。

「まだ粗削りな部分は多いが、芯《しん》が通っている。憧れのケリーさんと会えたのが、いい刺激になったのかもな」

「僕も、そう思う」

「よし……試作は終わりだ。次からはちゃんとした材料を使って、本格的に作ってみなさい」

「いいの!?」

「ただし、いきなり商品にしようとか、気負った考えはするなよ。とにかく丁寧に、自分の中にあるものをぶつけて作りなさい」

「わかった。ありがとう、父さん……！」

父から返されたヴァイオリンを胸に抱き、光音はカウンターに飾った一輪の薔薇に目をやった。ケリーから貰った花束を、プリザーブドフラワーにしたのだ。さすがに全部は無理だったが、ここの他にアトリエの作業台や、自宅の部屋にも一輪ずつ同じようにして飾ってある。

まだまだ遠い存在ではあるが、一歩彼に近づいたことを光音は嬉しく思った。今すぐこのことを報告したいが、ロンドンにいる彼に連絡する手段が思い浮かばない。というのも、ケリーは携帯電話の番号も、メールアドレスも何も教えずに去ってしまったのだ。

無理もないと思う。こちらも気持ちが昂《たかぶ》っていて、そういうことを訊きそびれてしまった。いっそのこと、また思い切って手紙を出そうかと考えていた時、店の扉が開いた。

「いらっしゃいませ」

「よお、アルト！　いい知らせを持ってきたぞ！」

トマスだった。首を傾げる光音に、彼は自信ありげな表情で微笑みかけてくる。

「喜べ、ケリーがまたローマへ来る」

「ケリーさんが!?」

「ああ。今回は、少数の伴奏隊を連れたリサイタルだそうだ。なんでも急に決まったらしくて、知り合いが手配に忙しいって嘆いてたよ」

「そうなんだ……」

「日取りは二ヶ月後で、調整があるから、ケリーは一ヶ月前にはこっちに来るってよ。結構長い滞在だからな。今度こそ、俺も取材申し込んでみせるぞ～」

意気揚々と言ったトマスに笑い返し、光音はひそかに頬を赤らめる。

――また、会いにくるよ。

もしかして、あの約束を果たすためにケリーが提案してくれたのだろうか。まさかと思いつつも、そう考えずにはいられない。

「良かったなあ、光音」

のんびりと言って、父がギャラリーに入っていく。すると、トマスが悪戯っぽく耳打ちしてきた。

「ほんと、良かったな。王子様がまた来てくれて」

「王子様？」

「だってそうだろ？　海へドライブ、その後は豪華船上ディナー。お前、どう考えても口説《くど》かれてるじゃねぇか。正直に言えよ、ケリーとなんかあったんだろ？」

「何もないですよ……」

誤魔化すように視線をそらす光音を、トマスは「ふーん」と見下ろしてくる。

「まあいいや。チケットはまた取っておいてやるよ。俺も行きたいしな」

「ありがとう、トマスさん」

「いいってことよ」

トマスが帰った後、光音は早速アトリエへ向かった。いつか来るこの日のためにずっと準備してきた木材を取り出し、熱っぽい瞳で見つめる。

叶うことなら、ケリーがローマにいる間に、新しいヴァイオリンを仕上げて見せたい。父が忠告したように下手な気負いをするつもりはないが、ただ、彼に見てもらいたいと思った。

夢中になると、日々はあっという間に過ぎていく。

設計図を仕上げ、実際の作業に取り掛かった時には、既に月が変わっていた。正確な日取りはわからないが、そろそろケリーがローマへ来る時期だ。

その日光音は、店のカウンターで商品の在庫を調べていた。横に置いたリストに全てチェックをつけ終えると、軽く伸びをし、椅子にもたれかかる。

（本当に、また会えるのかな……？）

ふと、彼との間に起きた出来事は、あの夜限りの夢だったのではないかと不安になる。だがケリーは誠実な人だ。約束した以上、会いにきてくれると信じたかった。

もし、また会えたら。

疼《うず》いた胸を、光音はぐっと抑えつける。

船の上で告白された時、ケリーの気持ちに応《こた》えることができなかった。ずっと尊敬してきた彼から好きだと言われ、自分の気持ちがどうこうよりも、戸惑いのほうが勝ってしまっていたのだ。

彼は「答えなくていい」と言った。でも、そういうわけにはいかないと思う。次に会えたら、ちゃんと答えを言いたい。

答え？

（何を……？）

あんなに凄い人を相手に、自分は何を答えるというのだろう。あのケリーとどうなるつもりなのだと、冷静な自分が意地悪な声をかけてくる。

でも本心は。あの日からケリーを想うたび感じる、この感情は……。

彷徨《さまよ》う視線が、つけたままのパソコンの画面へ向けられる。すると、父が見ていたらしい音楽関連のニュースが、一覧になって映し出されていた。

「ん?」

その中の、とある記事の見出しに目が吸い寄せられる。いやな予感がしつつも、気になる気持ちが抑えられず、詳細をクリックしてしまった。

『ケリー・クロフォード、金髪美女と熱愛か!?』

目を背けたくなるような文字が表示された。瞬間、内臓がずんと落ちるような感覚がして、光音は奥歯を噛み締める。

わかっている。この手のデマは、よくある話だ。ましてや今回、どこかの個人が作ったような小さな記事。馬鹿馬鹿しいと言いたくなったが、記事の下に、ホテルかアパートかのベランダで、ケリーが女性と抱き合っている写真が掲載されていた。

撮られたのは先週。場所はロンドンのようだ。相手の女性は顔が写っていないが、ふわふわとした長い髪が背中まで垂れていた。スタイルの良い肢体に張りつくようなワンピースを着ていて、その後ろ姿だけで美人だと予測できる。ケリーの手は、そんな彼女の細い腰に、しっかりと回されていた。

心臓がドッドッといやな音を立てる。あまりのことにどう対処すべきかわからず、呆然となっていると、突然店の電話が鳴った。

ビクッとしながらも、反射的に受話器を取る。かけてきたのは、以前ヴァイオリンの修理を依頼してきた男性客だった。

「この前頼んだやつ、もうできてるかな?」

「はい……仕上がってます」

「ほんと? じゃあさ、悪いけど今日持ってこられるかな？　急に使うことになってしまって」

「わかりました。すぐお伺《うかが》いします」

　電話を切り、光音はもう一度パソコンに目をやった。そこには間違いでもなんでもなく、同じ記事が表示されたままになっている。

「仕方ないよね……」

　そう言って、静かに画面を落とした。

「そもそも僕たち、付き合ってたわけじゃないんだし」

　自分に言い聞かせるように呟《つぶや》く。そして、アトリエに頼まれたヴァイオリンを取りにいった。

「父さん。これ、急に必要になったらしいから、届けてくるね」

「ん、わかった」

　作業中の父がこちらに背を向けたまま答える。行ってきます、と告げて、光音は店を出る。それから一度自宅へ戻り、パーカーを羽織って自転車に跨《またが》った。

　風は少し冷たかった。相変わらず観光客で賑わう街中を、光音は自転車で通り抜けていく。

　何をいい気になっていたのだろう。たった二度、誘ってもらえただけで。

　彼は尊敬する相手なのだ。尊敬、それだけで十分なはずだ。偉大な人なのだ、凄い人なのだ。自分とは、住む世界がまるで違う。

　好きだと言われたかもしれない。でもああいうのは、大人の世界ではよくあることなんだ。

　手紙のことを覚えていてくれた。それはただ、彼が優しいから。

　自分を納得させる材料を、いくつもいくつも並べ上げる。

　それに……そう。別れ際、車の中でもう一度キスを迫られそうになった。その時も上手く応えられず、俯いていると、彼は「ごめんね」と笑って、家に帰る自分を見送ってくれた。

　そうだ、最後の最後で、自分は彼を拒んだ。だったら彼が、次の恋に走るのは当然の権利。そうわかっているのに、やりきれないこの気持ちはなんなのだろう。

　二十分ほど走ると、目的の客の家に着いた。ヴァイオリンを渡し、代金を受け取って彼の家を後にした。

　そのまま自宅に戻ろうとすると、観光名所のナヴォーナ広場を通る。ここには大理石でできた四つの古い噴水があり、その景観の美しさからも写真撮影に大人気の場所だ。

　来た時よりも混雑しており、仕方なく光音は自転車を押してそこを進んだ。汗をかいたので、着ていたパーカーの前を少し開ける。そこへ、突如ヴァイオリンの音が聞こえてきた。

「な……」

　光音は思わず足を止めた。

　雲を裂き、天を突き抜けるような豪快さ。空気の振動を経て伝わるその波動は、刹那《せつな》の緊張感を伴ってこちらの肌をも震わせてくる。

　大地をも震わすような迫力、機械のように正確な音階。

　振り向けば、噴水の前に人だかりができている。引き寄せられるようにして、光音はそちらに足を向けた。

　集まった人は皆、噴水のほうにカメラを向けてヒソヒソと話し合っていた。彼らの間から見えたその人の姿を見て、光音は愕然《がくぜん》とする。

　ケリーだ。あまりにも凄まじい彼の演奏に、ギャラリーは口笛や拍手を送っている。

　一曲弾き終えると、ケリーは黙って弓を構え直し、また別の曲を奏で始めた。どちらも並大抵の技術では弾きこなせない超難曲だ。素晴らしい。それ以外に形容しがたい演奏だった。光音はしばしの間、状況を忘れて彼の演奏に聴き入っていた。

　すると、その音色に割り込むようにして、「ピピーッ！」とけたたましい笛の音が鳴った。見れば、初老の警備員が怒りながらこちらへ歩いてくる。

「こらあっ！　そんな場所で路上ライブなんかしちゃいかん！」

　それでもケリーはしばらく演奏を続けていたが、警備員があんまり笛を鳴らすので、ようやくヴァイオリンを肩から下ろした。

「わかっとるのか、それは大事な遺産なんだぞ！　縁に乗っちゃ駄目だ！　降りなさい！」

　怒鳴りまくる警備員に対し、ケリーは怪訝な顔をしていた。イタリア語で言われたため、聞き取れなかったらしい。

　しばらくすると、ジェスチャーで意味を理解したのか、ケリーはさも面倒臭そうな顔をして、噴水から降りようとした。しかし、

「あ」

　縁が水に濡れていて滑ったのか、なにしろケリーはバランスを崩した。そして次の瞬間、彼の右足は、噴水の中にドボンと入ってしまっていた。

「ああ――っ！」

　警備員が叫んだ。ギャラリーはゲラゲラと笑って、ケリーと彼を交互に撮影している。

「な、なんということを！　けしからん！　来なさい！」

　いきなり右手を掴まれて、ケリーの眉間《みけん》に皺が寄った。そして彼は、信じがたい言葉を口にした。

「さっきからうるせえんだよ、このジジイ！」

　さらにケリーは強引に手を振り払うと、思いっきり警備員の胸を突き飛ばした。

　後ろに倒れかけた警備員は、ギャラリーに助けられてどうにか転倒を免《まぬか》れたものの、ますます真っ赤になって怒り始めた。

　だがそんなことは気にも留めず、ケリーは地面にしゃがみ込んで悠々とヴァイオリンをケースにしまっている。背後から警備員が取り押さえにかかったが、気配を察していたらしく、ケリーは立ち上がる際、するりと身をかわした。

またしても警備員は転びそうになった。完全に怒り心頭の彼を見て、光音は色を失った。このままでは大トラブルに発展してしまう。焦った光音は、気づけばケリーに向かってこう叫んでいた。

「ケリーさん、こっち！」

呼びかけに応じて、ケリーが不思議そうな顔で振り返る。

「早く、こっちへ来て！」

さらに言うと、ケリーはすぐさま光音のほうへ走ってきた。光音はすかさず自転車の向きを変え、サドルに跨った。

「乗って！」

ケリーが荷台に跨ったのを確認し、急いで自転車を発進させる。ペダルがかなり重くなっていたが、必死で前に進もうと歯を食いしばった。

「こら、待て！」

追いつかれそうになったが、自転車はぐんぐん加速して、警備員を後ろに引き離していく。彼が年をとっていたのは幸運だった。怒りの声はしばらく聞こえていたが、スタミナを切らした彼の姿は瞬く間に見えなくなった。

いくつかの角を曲がり、やがてコロッセオの前まで来た。ここまで来れば大丈夫だろうと思い、光音はようやく自転車のブレーキをかける。

「……っ、はぁ、はぁ……ケ、ケリーさん……っ。あんな、とこで……何やってんですか……」

必死で走りすぎたせいで、肺が痛い。

すると荷台から降りたケリーが、ヴァイオリンケースを背負い、キョロキョロと周囲を見回した。

「どこだ、ここ」

光音は「え？」と、ハンドルに伏せていた顔を上げる。

「どこだって訊いてんだよ。これじゃあアパートに帰れないだろうが」

不機嫌そうに言ったケリーの顔を、光音は呆気に取られた表情で見つめる。

すると彼は、何かに気づいたように、ずいと顔を近づけてきた。

「アルト」

「は、はい？」

「やっぱりな。へえ……なるほどね」

あまりにも物騒な口調で言われ、光音は表情を強張らせる。

誰、この人――？

そう思った。

顔も、髪型も、身体のシルエットもケリーだ。だが表情が全く違う。声も――いや、声そのものは同じなのだが、声色が違いすぎる。何よりこの言葉遣い、とてもケリーのものとは思えない。

しかもよく見たら、服装が全身黒で統一されていて、異様なほどチャラチャラしていた。ジャケットの下に、総レースのシャツなんか着ていて、はっきり言って趣味が悪い。

「ケリーさん……ですよね？」

思わず言うと、彼はフンと鼻を鳴らした。

「当たり前だ。さっきの演奏を聴けばわかるだろ。あれは、俺だけの音だ」

確かに、あんな音色を出せる人間はこの世にケリーしかいない。それはわかっているのだが、目の前の彼の様子が、以前とはあまりにも違いすぎる。

「疑ってるのか？」

光音が怪訝な顔をしているのに気づき、彼は言った。

「なんならここで演奏してやってもいいんだぜ。納得するまで音を聴かせてやる」

「え……っ、ちょっと！」

ヴァイオリンケースを下ろそうとした彼を、光音は慌てて引き止めた。するとも目の前でケースを広げられ、中に入っていたものを間近で見せつけられた。

「デル・ジェス……」

「これでわかっただろ？　こいつは結構なじゃじゃ馬でな。俺以外の人間には、そうそう弾きこなせる代物じゃないんだ。古い楽器ってのはいい声で啼《な》くが、啼かせるためのテクニックも必要なんだよ」

下品な言い草に、絶句せざるを得ない。

ケリーがパタンとケースを閉じると、ふわっと動いた空気とともに、かすかに酒の臭いがした。

「ひょっとして、酔っぱらってます……？」

「悪いか？」

「別に……そうじゃないですけど」

視線を伏せ、夜中にケリーがヴァイオリンを弾いていた時のことを、光音は思い出した。そういえば、あの日は千秋楽だった。ということは、公演の後に打ち上げがあったはずだ。

今のケリーの態度は、あの時と同じだ。まさか、酒に酔うと豹変《ひょうへん》するタイプなのか。苦い表情で考え込んでいると、今度は突然、後ろから黄色い声が聞こえてきた。

「きゃあ～っ！　ケリー・クロフォードだわ！　私、大ファンなのよぉ！」

すぐそこを歩いていた若い女性が、そう叫んでこちらへ走り寄ってきた。後ろから、恋人らしい男性が困った顔をしてついてくる。彼女は鞄からペンと手帳と取り出すと、恋人にせがむように言った。

「ねえ、サインくださいって言ってよ。私、英語苦手なんだからぁ～」

「僕だって喋《しゃべ》れないよ。サインって言えばいいんじゃないの？」

何やら揉めている二人を面倒臭そうに見つめると、ケリーは黙って彼女から手帳をふんだくった。そしてサラサラっとサインを書き上げると、乱暴に突っ返してしまった。

「これでいいだろ。とっとと帰れ」

光音は、今度は目を疑う羽目になった。

サインの字が違う。汚すぎる！　これでは子供の落書きだ。

しかし、そんなことを知らない彼女は当然大喜びし、だが立ち去る前に「ケリーって字が下手なのね」

と呟いていた。二人の姿が見えなくなった時、光音の頭に憤然とした怒りが込み上げてきた。

「な……なんですか、あれ！　サインが前と全然違うじゃないですか！　酷いですよ！」

「演奏の疲れで手を痛めてんだ。そうカッカすんな」

「でも……っ」

「それより、こんな場所で再会するとはな。お前とはよっぽど縁があるらしい」

肩に伸ばされたケリーの手を、光音は振り払っていた。

「やめてください」

「なんだよ、愛想ねえな」

「別に……」

あのスキャンダルのことが頭をよぎる。ケリーに非はないと思っていても、やはり辛いものは辛かった。

「僕、仕事の途中なんで。失礼します」

そう言ってペダルを漕《こ》ごうとしたが、ケリーは自転車の荷台を引っ張り、強引に引き止めてきた。

「待てよ、何をそう怒ってんだ？　ケリ……俺、お前に何かしたのか？」

「されたってわけじゃないけど……」

光音は口籠もった。話を誤魔化したかったが、首を傾げて見下ろしてくるケリーの視線が、逃げることを許してくれない。

「貴方の恋人に、悪いじゃないですか」

「恋人？」

「ネットで流れてますよ。ロンドンに、美人の恋人がいるんでしょう？」

ケリーは首を傾げた。

「身に覚えがねえな。俺は何年もお前に夢中だったはずだぜ」

「言い訳しなくていいですよ。ケリーさんは……有名人だもの。こういうこと、実はしょっちゅうあるんでしょ？」

光音は諦めたように言った。

何年も夢中だったなんて、そんなの、よく考えたらおかしい。あの手紙にケリーが感謝してくれたところまではわかるが、それがきっかけで恋に落ちるなんてあり得ない。実際会ってみて、相手がよぼよぼの爺《じい》さんだったらどうするつもりだったのか。

「女を抱くのは嫌いじゃない。でも、今回のそれは、あきらかにデマだぞ」

光音は溜息をついた。

「もうどっちでもいいです……。とにかく、僕は帰らせてもらいます。帰り道がわからないんなら、この通りでタクシーでも拾ってください。それじゃ」

今度こそ去ろうとした光音だったが、

「怒ってるな」

かけられた言葉に、つい足を止めてしまった。

「俺にはわかるぜ。お前、嫉妬してるだろ」

「だったらなんですか……あの夜のことを本気にした僕を、からかいたいんですか？」

あえて怒りを露にして振り向くと、ケリーは不穏な笑みを口元に浮かべた。

「なるほど。相思相愛ってわけか」

意味のわからないことを呟き、ゆっくりと近づいてくる。黒い服を着たケリーは、巨大な悪魔の影みたいに見えて、光音は思わず身構えてしまった。

「何度も言うが、誤解だ。本当に俺のスキャンダルが流れているんだとしたら、それはただの悪戯だ」

「そ、それじゃあ……、本当かどうか、確かめてみますか？」

「確かめるって？」

「真実の口。嘘ついてたら、トリトーネに手を噛まれますよ」

ここから徒歩で十五分ぐらい歩いた場所に、真実の口を展示しているサンタ・マリア・イン・コスメディン教会がある。しかし、手を噛まれるというのはもちろん迷信で、この前ケリーが真実の口のことを口にしたから言ってみただけだ。

するとケリーは、きらりと目を輝かせた。

「面白そうだな。行こうぜ」

　えっ、という顔をした光音の肩を、彼は強引に抱き寄せる。

「お前が言い出したんだろ。ほら、連れていけよ。さもないと、ここで唇奪っちまうぞ」

　そう言って、顔を近づけられ、光音は青くなった。

「ちょ……！」

「十数える前に決めろ。い〜ち、に〜ぃ、さ――」

「や、やめてくださいっ！」

　思いっきり顔を背けて、光音は左手でケリーを突き放した。

「わかりましたよ、連れていきます！　それが終わったら、今度こそ帰りますからね！」

「よし。んじゃ、宜しくな」

　悪辣《あくらつ》に笑い、図々しくも自転車の荷台に乗ってくる。光音は思いっきり嘆息して、仕方なく自転車を漕ぎ出した。

（最悪だ……）

　はっきり言ってケリーは大男なので、後ろに乗られると非常に重たい。さっきので既に疲れてしまっているのに、これは相当な重労働だ。

　音は嘘をつかない。今までずっとそう信じてきたのに、ここにきて、その信念を裏切られる事件が発生するとは思いもしなかった。優しさと愛に溢れた音を奏でるケリーは、純朴なのではなく、子供のように単純な面を持った男だった。こうなると、もう何を信じればいいのかわからない。長年積み上げてきた夢や理想が音を立てて崩れ落ち、光音はほとんど泣きそうになっていた。

　疲れた足に鞭打《むちう》って、どうにかペダルを漕いでいくと、教会には真実の口の見学時刻ギリギリに着いた。太陽はすっかり夕陽に変わってしまい、辺りを薄闇が包み始めている。

　外に自転車を停めて、中へ入った。

　真実の口へ続く廊下は、外と鉄柵で仕切られているだけなので閉塞感はない。だが日当たりの関係で、昼でも暗く感じるようになっている。今は夕方。さらに暗くなった廊下は不気味さすら漂わせており、光音とケリーは、なんとなく一度顔を見合わせてから奥へと進んだ。

「着いた。これですよ」

決して長くはない、薄暗い廊下の奥で、真実の口は厳かに待ち受けていた。

目と鼻と口の部分にぽっかりと穴が開いたトリトーネの顔は、暗い中だと正直怖い。髪や髭を模《かたど》った凹凸《おうとつ》のうねりが今にも動き出しそうな気配さえして、なんともおどろおどろしかった。

「へえ、これが真実の口か。変な顔してんな。この口に、手を入れりゃあいいのか?」

「そうですよ」

無愛想に答えると、ケリーは何やらいやな笑みを浮かべた。

「お前、先に入れてみろよ」

「なんで僕が……」

「なんだよ、ビビってんのか? もしかして、隠し事してんのかよ」

「してませんよ、そんなの」

溜息交じりに言い、光音は真実の口に近づいた。

迷信とはわかっていても、本当に不気味だ。丁寧に保管されているとはいえ、長い歴史を刻んだトリトーネの顔は黒ずんでおり、斜めにひびも入っていて、まるで怒っているように見える。

特に、大きく開いた口は底知れぬ闇を感じさせる。向こう側に貫通しているだけだというのに、その闇が、どこまでも繋がっているのではないかとすら思える。子供の頃、ここに手を入れた時も、妙な場所に吸い込まれるような錯覚に襲われたものだ。

少しドキドキしながら、光音は手を入れた。その時——、

「ワアッ!」

「うわあああっ!?」

突然背後で大声を出され、思わず盛大な悲鳴をあ

げてしまった。思いっきりあとずさり、柵を背にしてケリーに振り返る。

「なっ、何するんですか！」

「やっぱりビビったな」

「ビックリするに決まってるでしょう！」

　ケリーは肩を揺らして笑っていた。それを見ると、ますます腹立たしくなってくる。まさか自分が、彼に対して「腹が立つ」などと感じることがあるなんて、夢にも思わなかった。自らの感情に驚きながら、光音はむすっと唇を尖らせる。

「ビビるってことは、嘘があるってことじゃないのか？　お前は、俺に嘘をついてる」

　不遜な笑みを浮かべるケリーから目をそらし、光音は溜息交じりに言う。

「ついてませんよ……」

「いいや、ついてる。ケリーの《カノン》なんて、本当は好きじゃねえんだろ？」

　思わぬ台詞《せりふ》に愕然となった光音を見て、ケリーはククッと喉の奥で笑った。

「お前、俺のファンなんだろ？　それなのに、あんな生温《なまぬる》い演奏を好きっていうのは、おかしいだろうが。あの手紙、本当のこと書いたのかよ」

　残酷な言葉の数々に、光音は完全に打ちのめされた気分になっていた。あのスキャンダルといい、失礼な態度の数々といい、もう既にケリーからあらゆるショックを受けている。でも、これはないと思った。

「酷い……」

　喉の奥が熱くなった。

「あんまりだ……。人の気持ちを踏みにじって、楽しいですか!?」

　目に涙を浮かべながら、光音は叫んだ。

「僕は真剣に書いた。真剣に伝えたんだ！　貴方はそれを汲《く》み取ってくれたと思ったのに、嘘つきは貴方じゃないか！」

　ずっとこらえてきたものが溢れ出してきて、止められなかった。声を押し殺して泣く光音に、ケリーは頬を引きつらせて歩み寄ってくる。

「おい……何も泣くことないだろ、変な奴だな」

「変？　変なのは貴方ですよ。貴方は変わってしまった……この一ヶ月で、いったい何があったんですか……!?」

「何もねえよ。まったく……どいつもこいつも」

　気分を害したように言い、ケリーは身を翻した。そして真実の口の前に立ち、光音に振り返った。

「わかったよ、前言撤回してやる。泣かせた詫《わ》びに、俺も手を入れてやるよ」

　涙を拭いながら、光音は顔を上げる。

「ヴァイオリニストにとって手っていうのは、命よりも大事な代物だ。それを危険に晒《さら》してやるんだから、文句ねえだろ」

　言ってから、「ただし……」とケリーは不敵に微笑んだ。

「そこまでやるんなら、見返りは欲しいよなあ。報酬はお前のキス。それでどうだ？」

「な……っ！」

「構わねえな？　それじゃ、無事で戻ったらキスさせろよ」

「あ、ちょっと……」

　声をかけようとしたが、ケリーは既に手を入れてしまっていた。身体を傾け、手首の辺りまで差し込む。奥を探るように腕を動かしてから、彼は手を引き抜いた。

「ほ〜ら、なんでもなかった。やっぱり俺は、浮気なんかしてない」

「迷信なんだから、噛まれるわけないでしょう。それに、僕と貴方は付き合ってるわけじゃないんだし、浮気って言わないじゃないですか……」

「あれ？　なんだ、付き合ってなかったのか。てっきりそうだと思ってたのに」

　気づけばケリーは、すぐ目の前まで迫ってきていた。柵に手をつかれ、光音は追い詰められる形になる。

「こいつは面白くなってきたぜ。何がなんでも、お前を手に入れたくなった」

「わけがわかりません……」

「約束、覚えてるな？　噛まれなかったら、キス」

涙袋をくっと押し上げて、ケリーが微笑む。その危険な笑い方が、光音の不安を煽《あお》った。

「い、いやですよ！　貴方が勝手に決め――」

「駄目だ」

強引に顎を摑まれ、噛みつくように唇を奪われる。

「んう……っ!?」

咄嗟《とっさ》に後ろに動いた頭が、ガシャッと音を立てて鉄柵にぶつかった。胸を押し返そうとしたが、両手首ともあっさりと摑まれ、柵に押しつけられる。

ようやく唇が解放されると、光音は紅潮した顔でケリーを睨みつけた。しかし、

「もう一度」

「だ、駄目……っ、だ……め……」

二度目の「駄目」は、熱い唇に遮られていた。しかも今度は、ケリーの分厚い舌が歯列を割って入り込んできて、口の中を縦横無尽に舐《な》め回してきた。

「やっ……！　んぅ……んん……っ！」

唇を離そうと試みても、すぐに角度を変えてそれを阻んでくる。口腔《こうこう》のあらゆるところを舐められ、無理やり舌と舌を絡まされる。たまらず舌を逃がそうとすると、今度はその裏側をくすぐるように舐められた。

唾液が溢れ、ぐちゅぐちゅと淫猥《いんわい》な音を立てながら口内が蹂躙《じゅうりん》される。全て奪い尽くされるようなキスで、頭の中に混乱という名の火花が散る。初めて味わう官能の味は、あまりにも刺激が強すぎた。

つい膝の力が抜け、身体が崩れそうになる。光音の細い腰を片手で支え、ケリーは笑った。

「そんなに悦《よ》かったか？」

「……っ！」

「なあ、俺のこと好きだろ？　アルト。神様の前で

嘘言っちゃ駄目だぜ。ほら、正直になれよ」

顎を掴まれて、目をそらせなくなる。どこか仄暗い光を浮かべる緑の瞳に、狼狽《うろた》える自分の姿が映っていた。

もっと知りたいと思っていた、ケリーのことを。ヴァイオリン職人としてだけでなく、一人の人間としても、彼についてもっとたくさん知りたいと自分は願った。

だとしたら、こういう一面も受け入れるべきなのか。粗暴で、傍若無人《ぼうじゃくぶじん》で、だけど時折子供のような無邪気な顔をする。こういう性格を、自分は前から知っている気がする。なんだったか、そうだ……ステージでの、ケリーだ。

インタビューではにこやかなのに、ステージに立つと人を拒むような視線を向ける。ケリーはずっとそうだった。そんな彼の心を、自分は知りたいと願った。だとしたら、こういう彼もまた、認めるべきなのだろうか。

圧倒的なカリスマ。ステージに立つケリーは、アーティストとしての尋常ならざる光を撒《ま》き散らしながらも、どこか孤独に見えた。客席を見まいとしているかのような彼の視線は、なんというか、生きづらそうにすら見える。そんな彼が気になった。ううん、気になる。もっと心の中を覗きたい……。

それはまさに、悪魔の誘惑を受けた心地だった。光音はまるで、闇に引きずり込まれるかのように、彼のジャケットを掴もうとする。だがその時、ケリーが船の上で言った最後の言葉が、それを引き止めた。

——さっきのキスを、どうか忘れないでくれ。

光音はハッとして、掴みかけた手を下ろす。

同時に、教会の鐘が鳴った。脳を揺らすような重苦しい音の中、ケリーが軽く舌打ちを漏らす。

「チッ」

彼は背を向けた。まるで、ついてくるなと言うかのように。

「あの……」

「なんだよ」

軽くこちらを振り返った彼から、光音は咄嗟に目をそらす。言うべき言葉が見つからず、口籠もっていると、彼は溜息交じりにこう言った。

「うるせえな、この音……。とっとと出るぞ」

「は、はい」

コツコツと石畳を踏み鳴らす彼の後を、光音はついていく。唇には、さっきのキスの感触がまだ残っていた。

柔らかで、押し包むようなケリーの唇。その弾力は変わらないはずなのに、今日のキスは、船の上で与えられたものと、違う気がした。


すっかり日の暮れた街並み。空には雲が立ち込めていて、夕焼けを反射し、まるで燃えるような情景を彩っている。テヴェレ川にかかる橋にもたれ掛かり、ケリーは目を閉じてショパンの《ノクターン》を弾いていた。

彼のレパートリーの中で、数少ないバラードのひとつ。物悲しい旋律を、ケリーの音色はさらに悲しく奏でる。そこには、叙情とか悲哀とかいう生易《なまやさ》しい感情ではなく、闇の中で一筋の光を見つけようとする健気《けなげ》さすら感じさせる。

光音は隣でじっとそれを聴いていた。今日、彼が生温いと言った《カノン》の演奏が、愛をもって涙を流させてくれるとしたら、この《ノクターン》は深い嘆きの共感を植えつけてくるようだ。そのストレートさが人の心を摑むのだろうが、でもそれは、あまりにも寂しい。

「悲しい曲ばかり弾いてる……」

光音が呟くと、ケリーは演奏を止め、こちらを見下ろしてきた。

「何を思って演奏してるんですか？　今日の貴方の

音色は、泣いているみたいです」

「別に」

ケリーは言った。

「聴けって、それだけ思ってる。黙って聴いてりゃいいんだ。俺の演奏、好きなんだろ」

「そうですけど」

「俺は、ヴァイオリンさえあればいい」

そう言って、ケリーは光音に背を向け、遠くの空を見つめた。広い背中だ。でもなぜか、彼のシルエットは小さな子どもが空を見つめているように、寂しく見えた。

「雨が降る」

「え？」

「匂いだ。俺の相棒は湿気に敏感なんだよ。それぐらい、俺が気づいてやらなきゃな」

ケリーがヴァイオリンをしまい始めると、本当に雨が降ってきた。最初はポツポツ程度だったそれは、どんどん勢いを増して、あっという間に本降りになっていく。

「急ぐぞ」

「あ、はい……っ」

ケリーは上着を脱ぐと、それをヴァイオリンケースに被せ、胸に抱えた。

しばらく走ると、とある建物が見えてきた。そこに入った時には、二人ともずぶ濡れだった。

ケリーはケースに水が入っていないかを気にしている。光音は濡れた眼鏡をはずし、手で拭った。

ふと視線を感じ、上を見る。すると、前髪から雫《しずく》を滴《したた》らせたケリーが、複雑な表情でこちらを見下ろしていた。ぞくりとするほどの色気を孕《はら》んだ瞳に、光音は何も言えなくなる。

無言のまま、顔が近づいた。軽く唇を啄《ついば》まれ、「来い」と言われる。

「今はここに部屋を借りて住んでる。雨がやむまで、一緒にいればいいだろ」

「でも……」

戸惑う光音に振り返り、ケリーは言った。

「早くしろ。着替えぐらい貸してやるよ」

雷が鳴った。雨はまだ強くなりそうだ。

水滴を落とすケリーのブーツを見つめ、光音は仕方なくその後に従った。


彼の部屋は四階にあった。重たい木の扉を開けると、古びた外観からは想像もつかない、近代的な広い玄関が現れた。

まるでホテルのセミスイートみたいな部屋だ。床は色の濃い木目で、リビングにはモノトーンで統一されたインテリアが計算されたみたいにセンスよく並んでいる。

にもかかわらず、そこはビックリするほど散らかっていた。服やら雑誌やら、あちこちに物が散乱していて、台所にも酒の瓶が放置されたままになっている。いくら忙しいからといって、それならハウスキーパーに依頼すればいいのにと光音は思った。

「泥棒にでも入られたみたいですね……」

つい本音を漏らすと、ケリーは軽く鼻を鳴らした。

「探し物をしてたんでな。住み始めたばかりで、色々と勝手が悪い」

そう言って乱雑にシャツを脱ぎ捨てながら、奥の部屋へと入っていく。濡れた彼の肌から視線をそらし、光音はあまりにも散らかりすぎた部屋をもう一度見つめた。

「服を脱げよ」

後ろからいきなり言われて、ギクッとして振り返る。すると、バスタオルを持ったケリーがそこに立っていた。

「あ、ありがとうございます……」

光音はケリーに背を向け、シャツとパーカーを脱ぎ捨てた。

バスタオルはふわふわとしていて、肌に当てると温かかった。すると後ろから、ケリーがそっと抱き締めてきた。タオル越しに彼の体温が伝わり、どきりとする。

「あの、ケリーさん……」

「男の部屋に入ったってことは、オーケーなんだろ?」

「何が……っ」

　強引に顔だけ振り向かされ、唇が奪われた。彼の舌はまたしても光音の口腔をまさぐり、さらに手が胸に這《は》わされる。

「な、何するんですか……!」

「いいじゃねえか。俺のこと好きなんだろ?　大人だったら、密室で何が起こるのかぐらい、わかるはずだぜ」

　薄い胸板に当てられた両手が、僅《わず》かな脂肪を摑むようにしてそこを揉みしだいてくる。長い指の間から、寒さで勃起《ぼっき》した乳首が覗いていて、それがとても卑猥に見えた。

「ちょ……やめ……っ」

「初めてか?」

「やだ……か、帰ります!　僕、そんなつもりじゃ——」

　言いかけた時、光音は目の前に落ちているものに気づいた。

　それは、床に放り出された音楽雑誌だった。光音も持っているものだ。表紙ではヴァイオリンを持ったケリーが微笑んでいるのだが、なぜかその写真が、狙ったように縦に破られている。見た瞬間、光音は言いようのない悪寒に見舞われた。

　こんなにも散らかった部屋だ。たまたまそうなったのかもしれない。けれど、その破り方には明らかな故意が感じられた。そして、その横に散らばっているものを見た瞬間、いやな予感が決定的となった。

　コンサートのチラシ、パンフレット、雑誌の一ページ……ケリーの写ったもの全てが、ビリビリに引き裂かれて床に散乱している。

冷たい戦慄《せんりつ》が背筋を駆け抜けた。自分でも顔が青ざめていくのがわかる。わなわなと震えていると、胸をまさぐっていたケリーが「ん？」と顔を上げた。

「どうした？　アルト」

耳元で、ねっとりと囁《ささや》かれる。彼は、光音の視線の先にあるものに、気づいたようだった。

「ああ、それか……。時々、癇癪《かんしゃく》起こしちまうんだよなあ。そこの写真に写っている野郎が、あまりにもヘラヘラ笑ってるもんで、ぶち殺してやりたくなるのさ……！」

長い指が、突然乳首を強く摘《つま》んだ。

「痛……っ!?」

「安心しろよ、お前には優しくしてやる。この身体、とろけるまで舐め回して、ゆっくり入れてからどんどん激しく突いてやる。明日の朝には、俺のセックスが忘れられなくなってるぜ」

「は……離して！」

光音は力いっぱい腕を振り回し、男の手から逃れた。

「ケリーさんじゃない……」

振り返ると、ケリーの顔をした男は、感情の読み取れない表情でこちらを見下ろしていた。

「何言ってんだよ。俺の演奏、聴かせてやっただろ？」

「そうだけど……違う」

「違わない」

「違う！　貴方は誰なんですか？　なぜケリーさんのふりをしているんです!?」

重苦しい沈黙が流れる。

すると男は、手で顔を覆い、突然笑い始めた。

「クッ……、くくく……」

肩を揺らし、喉の奥で笑う不気味な姿を、光音は固唾《かたず》を呑んで見つめる。

やがて顔を覆っていた手がゆっくりとずらされ、妖《あや》しく光る緑色の瞳と目が合った。

「まったく、めんどくせえガキだぜ。せっかく優しくしてやってんのに、いちいちもったいぶりやがって……鬱陶しいんだよ！」

　言い終えると同時に、凄まじい力で手首を摑まれ、引き寄せられた。

「貴方は誰、だと？　そんなに聞きたきゃ教えてやるよ。俺の名はウィル……ウィリアム・クロフォードだ」

「どういうこと……!?」

「さあな……続きはベッドでゆっくり聞かせてやるぜ」

　ウィルと名乗ったその男は、おそるべき腕力を発揮した。必死で逃れようとする光音の抵抗を意にも介さず、寝室の奥へと引っ張り、ベッドへと投げ倒した。

　すぐさま身体を起こそうとしたが、のしかかってきたウィルに両手首を押さえつけられる。愕然として見上げると、彼は実に悪辣な笑みを浮かべた。

「あいつ……ケリーの野郎、お前の手紙大事に持ってやがったぞ。俺が何度破っても、必死で元どおりにして、健気な奴だよな」

　そう言って、歯で眼鏡のつるを噛まれ、乱暴にはずされた。

「ずっと惚れてたお前の処女が奪われたってわかれば、あいつどんな顔するだろうな。見られないのが本当に残念だ！」

「や……」

「そう怖がるなよ。オンナも、ヴァイオリンも、俺のほうがケリーより上手く弾ける」

　噛みつくようにキスをされ、さらに首筋に舌を這わされた。いやらしい唇の音を立てながら、首から胸へと、肌を何ヶ所も吸われた。

「やめ……っ！」

　光音は押さえつけられた手を、必死で解《ほど》こうとした。しかし屈強な腕はびくともせず、それどころか、ますます力を込めてベッドに沈み込ませてくる。

　べろりと乳首を舐められ、鳥肌が立った。自分は

犯されるのだと悟り、顔から血の気が引いていく。ガチガチと歯を鳴らすと、それに気づいたウィルが顔を上げた。

「その反応、たまんねえな。お前の顔見てるだけで勃《た》っちまいそうだ」

「ひっ……！」

ケリーと同じ顔が、こんなにも下卑た笑いをするなんて見たくなかった。

頭の中が混乱していた。このウィルという男が何者なのか、なぜケリーと同じ顔をしているのか、全てわからない。それに彼の言うことも、何ひとつ理解不能だった。ただひとつ確かなことは、こんな男に抱かれるわけにはいかないという、自分の強い抵抗の気持ちだ。

「いやだ……離せ！　うああああっ！」

大声を出しながら、光音は下から思いっきり頭を振った。

「ぐ……!?」

額がウィルの額に直撃する。こちらも相当痛みを受けたが、向こうもかなり面食らったようだ。手が離れた隙に、光音は転がるようにしてベッドから逃げ出した。

「待て……！」

ゾッとするほど低い声が追いかけてくる。光音は咄嗟に背の高いルームライトを掴み、コードを引きずったまま無我夢中で振り回した。それはウィルのこめかみに思いっきり命中し、彼を壁に叩きつけた。

「――っ」

頭を打ったウィルは、気絶したのか、そのままずるずると床に座り込んだ。苦しい呼吸を繰り返しながら、光音もその場に尻もちをつく。

「はあ、はあ……っ」

咄嗟に思ったのは、警察に言わねばということだ。信じられないことだが、ケリーを装った男が彼のデル・ジェスを奪い、好き勝手を働いている。これはただならぬ事態だ。光音はふらつく頭を押さえ、どうにか立ち上がろうと壁に手をかけた。

　しかし、膝が笑って脚が立たない。さっきの頭突きのダメージが、今さら恐怖とともに身体を襲ってきたのだ。

　視界が揺れる。震える膝を押さえ、何度も立ち上がろうと試みる。

　その時、ウィルが小さく呻《うめ》き、光音はビクッと身構えた。

　緑の双眸《そうぼう》が、ゆっくりと開く。

「アル……ト？」

　目が合った時、もう駄目だと思った。あんなことをして、完全に彼を怒らせたに違いない。殺される。そう思った。

　額を押さえて軽く呻き、ウィルはゆっくりと立ち上がる。

「なぜ君が、ここに……？」

　そう言って、近づいてくる彼を、光音は怯《おび》えた瞳で見上げた。

「い、いや……」

「アルト」

「いや……いやだ、近づかないで！」

　まるで身を庇《かば》うように、光音は頭を腕で覆った。

　するとウィルは、ピタリと足を止めた。

　混沌とした沈黙が流れる。

「俺だ……アルト」

　ウィルは、震える声でそう言った。その声の響きに、光音は思わず顔を上げる。

「……え？」

「ケリーだ。よく、見てくれ……」

　眼鏡を失って、視界がなかなか定まらない。じっと目を凝らすと、右肩を押さえながら、酷く傷ついたような表情でこちらを見下ろす彼と視線が合った。

　状況が全く判断できなかった。呆然と固まる光音を見下ろしたまま、ケリーは静かにその場へ膝をつく。

「ウィルに、会ったのか？」

なぜ——？

「アルト」

今までそこにいたのは、ウィルではなかったのか。

何が起きている？

「彼に、何をされた……？」

「あの……僕っ……」

混乱した声を聞くと、ケリーは唇を噛み、苦しげな表情をした。傍に落ちていたバスタオルに気づき、彼はそれで光音の肌を隠すようにしてくる。

「すまない」

思いつめた声。

「ケリーさん……なの？」

「ああ」

たったひとこと。悲しげだが、その柔らかな響きが、今目の前にいるのはケリーなのだと教えてくる。

「どういうこと？　わけがわからない……」

すると、ケリーは静かな声で言った。

「この身体を、分け合って生きているんだよ」

光音は息を呑んだ。

「もう一人の人格なんだ……彼《ウィル》は」

その意味を、すぐに理解することはできなかった。

まだ混乱が残る頭の中で、光音は懸命に考える。

そこでふと、昔、テレビのニュースで聞いた事件のことを思い出した。

子どもの頃だったから、どういう事件の内容だったかは覚えていない。ただ、当事者は人格が複数に分かれる病を患っていて、その不思議な病のことだけが、記憶に深く残った。

「多重人格……って、こと？」

ケリーは頷いた。あまりにも不可解な出来事の正体がわかり、光音は、ほんの僅かながら落ち着きを取り戻す。

「ずっと、こんな生活を続けているの……？」

「そうだ」

荒《すさ》んだ部屋。生活を引っ掻き回す、もう一人の人格。

今日会ったばかりの自分ですら、こんな目に遭っているのだ。きっと今まで、ウィルの起こしたトラブルは数えきれないに違いない。

「あの、治療とかは……？　病院とか、行ってるんですか？」

　ケリーは首を振った。なぜ、と問おうとして、光音は言葉を飲み込む。彼の思いつめた表情が、何かを伝えようとしているかに見えた。

　落ち着きかけた心臓が、再びドキドキと音を立てるのがわかった。ケリーに恋をし始めた頃の、甘やかな高鳴りとは違う。それは明らかに、不穏な予感を表していた。

「誰かに、相談とか……」

　この部屋全体を包み込む、黒い影を振り払うように光音は言った。だがケリーは、再び首を振り、その仕草がますます影を濃いものにした。

「耐えなくては、いけないから」

　窓の外で、雷が光った。光音は一瞬、肩をビクつかせたが、ケリーは眉を寄せたまま、じっと俯いていた。

「俺に、どうこうできる問題じゃない。なぜなら俺が――」

　巨大な雷の音が鳴り、彼の言葉を掻き消した。

……かのように思われた。だが光音の耳は、彼の言った言葉を、最後までしっかりと拾い上げてしまっていた。

　静寂の中で、雨の音だけがしとしとと響く。

光音は唇を震わせ、魂の抜けたような声で言った。

「嘘だ」

　きっぱりと否定しているようで、その語尾は、あきらかに揺らいでいた。答えようとしないケリーを見つめ、光音はもう一度言う。

「嘘、ですよね？　今の……」

　今度は、言葉も声も、はっきりと揺れていた。

　ケリーの顔が、静かにこちらを向く。美しい緑の瞳はみるみるうちに歪《ゆが》み、痛々しいまでの悲哀を伴って、彼は視線をそらした。

「すまない」

絶望的な声だった。深く息を吐いた後、それ以上は何も言わず、ケリーは立ち上がる。

「ど、どこへ行くんですか？」

「外だよ。また、ウィルが君を襲うといけないだろう」

「待って……」

「君が帰るまで、俺は外に出ている。雨が酷いね……やむまで、ここで休んでいるといいよ」

「ケリーさん！」

散らかった荷物の中からシャツを拾い上げると、ケリーはそれを羽織り、玄関へと歩いていった。光音は慌てて立ち上がり、ふらつく足取りで彼の後を追う。

「い、いやです……待って」

ケリーは一瞬足を止めたが、何も言わず、こちらへ振り返ろうともしなかった。

扉が開いた。彼は出ていく。広い背中が遠ざかり、ケリーと光音との間を、重たい木の扉が残酷な音を立てて遮断した。

身体が冷たかった。空気が、耳の鼓膜をぎゅうと押すような気がした。決定的な喪失感の中で、光音は力なくその場に膝をつく。

泣いていた。

待って。受け入れられない。

雷の音と同時に、ケリーが言った言葉。爆音の中で告げられたのに、なぜあんなにもはっきりと聞こえたのか。

光音は耳を塞《ふさ》いだ。しかし、鼓膜に貼りついたその言葉は、まるで洞窟の中でこだまするように、冷徹な響きをもって再び聞こえた。


——俺が、作られた存在だから。

「嘘……！」

そう思いたかった。しかし、言った後のケリーの態度が、これ以上ないほどに、それが真実だと教えてきた。

もう一度言おうとした。嘘。しかし、唇から漏れたのは、悲しい嗚咽《おえつ》の音だった。

また雷が鳴った。雨の音は、ますます激しくなっていく。

淡い期待を抱いて、光音は待った。ケリーが戻ってきてくれるのを、切実に。だが、待てど待てど、目の前の扉が開くことはなかった。

何かが笑った気がした。それも嘲笑《ちょうしょう》。

――ケリーの《カノン》なんて、本当は好きじゃねえんだろ？

違う！

まるで呪《のろ》いのような言葉を振り払うかのように、光音は首を振った。だがその意味が、今になって痛烈なほどに理解できてしまった。

普段とステージ、ふたつの顔を見せるケリー・クロフォード。彼が持っていたのは、ふたつの顔なんかではなかった。

そう。

彼は。ケリー・クロフォードは、本当に二人いたのだ。そしておそらく、ステージで演奏をしているのは――。

（そんな……っ！）

光音は頭を抱えた。瞼《まぶた》の裏に浮かんだのは、漆黒の衣装を纏《まと》った、冷たいカリスマの表情だった。

◆◇◆

ふわふわと浮いているような感覚がする。

心と体が付着していない、まるで意識だけ別の容器に放り込まれたような……。

『具合はどう？ 母さん』

夢を見ているのだと思った。母がまだ、生きていた頃の夢。

だが目の前でベッドに横たわっているのは、金色の髪をした見知らぬ女性だった。癌で亡くなった母が最後のほうずっとそうであったように、彼女もまた、酸素や点滴のチューブをたくさん繋がれている。

『無理に話さなくていいよ。ほら、絵を描いてきた。欲しいものがあったら、目で教えて』

そう言った声は、自分のものよりも随分と低い。大きな手がスケッチブックを取り、女性に見せた。そこには果物やジュースなどの絵が、色鉛筆で書かれてある。だが彼女は首を振ると、乾ききった声で、途切れ途切れにこう言った。

『い、いのよ……もう、あまり……食べられない、から……』

『何言ってるの。しっかり食べないから、こんな風に痩《や》せちゃうんだぞ』

『それより貴方……無理、してるんじゃない……？』

スケッチブックを持つ手が、一瞬強張ったのがわかった。

『何を……？　全て順調じゃないか。俺の……俺の音楽を、世界中の人たちが愛してくれてる。俺がヴァイオリンを弾くことで、みんな幸せになってる。素晴らしいことだろう』

この声、知っている。

誰よりも大好きな声。手放したくない声――。

「おい、光音」

その呼びかけで、光音はハッと目を覚ました。振り向くと、父が心配そうな表情でこちらを見下ろしている。

「こんなところで寝て……。徹夜か？」

「あ、いや……。考え事をしていて」

窓から日が差し込んでいる。昨夜あの後、一度自宅に戻った光音は、それからアトリエに来ていた。作りかけのヴァイオリンに触れながらケリーのことを考え、そうしているうちに眠ってしまったらしい。

「もう出かけるが、大丈夫か？」

「あ……そうだった。大学で、講義があるんだっけ」

光音はぼんやりとした口調で言った。今日から一週間ほど、父は日本の大学に呼ばれてここを留守にするのだ。

「昨夜は、随分遅くまで出かけていたようだな」

「うん……」

「何か悩んでいるうちは、いいものなんて作れないぞ」

そう言い残して、父はアトリエから出ていった。それを見送り、光音は作りかけのヴァイオリンに目を向ける。

（変な夢だった……）

まるで自分が、別の誰かになるような夢。目の前にいたのは見知らぬ女性で、夢にしてはやけに臨場感があった。

光音は立ち上がり、ヴァイオリンに布を被せて自宅へ帰ることにした。

外に出ると、昨夜の雨が嘘みたいに晴れていた。朝かと思っていたが、上を見ると、太陽はかなり高く昇っている。

自宅へ着くと、ちょうどタクシーがやってきて、家の中からスーツケースを持った父が出てきた。荷物をトランクに詰めるのを手伝い、「行ってらっしゃい」と見送ってから、何気なくポストの中を見る。するとそこには、綺麗な水色のハンカチで包まれた何かが入っていた。

「あっ……」

ハンカチを解き、光音は声をあげた。中から出てきたのは、昨日ケリーのアパートに忘れてきた眼鏡だ。

きっとケリーが届けてくれたに違いない。光音は顔を上げ、辺りを見回す。

その時、ポケットに入れた携帯が突然震えた。着信画面を見ると、かけてきたのはトマスで、応答するなり彼はこう言った。

「お、ようやく繋がった。昨夜から何度もかけたんだぜ。なんで出ないんだよ？」

「なんでって……」

あんなこと、とても説明なんてできない。光音が言い淀《よど》んでいると、「まあいいや」と、彼は気を取り直したように笑った。

「それより、いいニュースだぜ～。実はさ、今日ケリーの練習風景を見学しにいくことになったんだよ」

「練習……？」

「リサイタルのだよ。なんだ、楽しみにしすぎて、ボケちまったか？」

トマスは言った。

「昨日、急にアポが取れてな。お前も見たいだろうから、連れてってやろうと思ってさ」

ケリーと会える——。

そう思った途端、不安か期待か、胸の鼓動が速まった。

「い……行く。行きたいです」

「だよな。それじゃ、三時頃迎えにいくわ。俺もケリーの取材は初めてだからよ、緊張するぜ」

トマスは嬉しそうだった。

通話が切れ、ツーツーと音が鳴るのを聞いてから、光音は自宅へ戻る。一人。ここには今、自分の他に誰もいない。

時が止まったような錯覚がして、光音は軽い眩暈《めまい》を覚えた。リビングのソファに腰を下ろすと、疲れがどっと襲ってきた。ほとんど意識を失うようにして、光音は再び眠ってしまった。


約束どおり、トマスは三時より少し前に車で迎えにきてくれた。

ドアを開け、助手席に乗り込んだ光音の顔を見るなり、彼は少し眉を寄せた。

「なんだよ、随分疲れた顔してるな。根詰めすぎなんじゃないのか？」

「そんなことないです」

光音は誤魔化すように言い、シートベルトを締める。そこへ、車のスピーカーから、聞き覚えのある曲が流れてきた。

ピアノの演奏だが、間違いない。ケリーが船の上で弾いてくれた、ふたつ目の曲だ。あれから何度も、彼を想いながら、こっそりと口ずさんだ。

「この曲って……」

光音が言うと、トマスは「ん？」と、こちらを見た。

「好きなのか？　じゃあボリューム上げてやるよ」

そう言って少し音量を上げ、トマスは車のエンジンをかける。

「俺も結構好きでさ。あ、女々しいとか言うなよ？」

「女々しい？」

「あれっ、知らないのか。これ、映画の主題歌なんだぜ。……って、俺が生まれた年にやってた映画だもんな。お前が知るわけねぇか」

トマスは笑った。

「タイトルは『The way we were』。寂しい内容だが、いい映画だぜ。今度ＣＤと一緒に貸してやるよ」

「うん……」

そのままトマスは車を走らせ、向かった先は、市内の多目的ホールだった。二人で入口に向かおうとしていると、自動ドアが開き、中から誰かが出てきた。

「おわっ、ケリーだ！」

トマスはそう叫んだが、光音は直感で「違う」と思った。なぜなら、そこにいる彼は全身黒ずくめの服を着ていて、何より眉間に皺を寄せ、いかにも不機嫌な顔をしていたからだ。

（ウィル……）

光音は複雑な表情で彼を見つめた。その後ろからは、困り果てた様子のミランダが後を追ってくる。

「待ってよ兄さん！　今日はこの後、取材があるのよ！」

「知るか。あんな下手くそと組まされて、演奏なんかできるかってんだよ」

「まだ練習が始まって、日が経ってないじゃないの。上手くいかないのは当然よ！」

　ミランダはウィルの服の袖を摑んだが、彼は冷たくそれを振り払う。そして、何か鬱陶しいものを見るような目つきで、こちらを睨んできた。

「うわ、なんだよ……」

　トマスが驚いた声で呟く、だがウィルの視線が、彼ではなく、自分一人に突き刺さっているのを、光音は感じていた。

　無言のまましばらく見つめ合うと、ウィルは鼻を鳴らして身を翻した。攻撃的な気を放ちつつも、どこか寂しいその背中に、光音は言い知れぬ不安を覚える。そこへミランダがこちらに気づき、申し訳なさそうな様子で近づいてきた。

「取材の方……ですよね？　申し訳ありません、見てのとおり、あんな様子で」

　それから彼女は、光音のほうを見た。

「あら、貴方……」

「こんにちは」

　光音は軽く頭を下げる。そしてふと、ミランダはケリーの病のことを知っているのだろうかと、疑問に思った。

「本当にすみません。芸術家だから、なんて言い訳にならないでしょうけど、あの人、少し気分屋なところがあって……」

　浮かない口調だった。だがその様子に、何かを誤魔化している気配はない。おそらく知らないのだろうと察した時、光音はとても苦しい気持ちに見舞われた。

　家族も知らないということは、きっと、他の誰もケリーの病を知らない。誰にも相談せずに苦しんでいるケリーのことを想うと、胸が張り裂けそうになった。それともあるいは……昨夜、彼の言ったことが本当であるなら、怖くて誰にも言えないのだろうか。

――俺が、作られた存在だから。

まだ信じられなかった。光音はその言葉を振り払うように首を振る。そして、話し込むトマスとミランダに、黙って背を向けた。

「アルト?」

「帰ります。お仕事の邪魔だろうし」

「でも、ここから家まで遠いだろ。ちょっと待ってろよ」

「いえ……寄り道して帰るので」

今は誰とも一緒にいたくなかった。一緒にいたら、心の中をぶちまけてしまいそうだった。

誰かにこのことを言えば、きっとその人は治療を勧めてくる。ミランダに言ったら、無理にでも病院へ連れていくかもしれない。家族なのだから、そうするのは当然だろう。

治療というのは、おそらく、作られたほうの人格を消すこと。普通に考えたらそうだ。それはつまり、ケリーが消されるかもしれないということ。彼の言ったことを信じきっているわけじゃないが、その可能性がある以上、おそろしくて誰にも相談なんてできない。

人通りの多い場所を歩きたくなくて、なるべく観光客の少ない、薄暗い通りを歩いた。細く、入り組んだ道を、右、左と曲がって進んでいく。

その時、どこからか視線を感じた。足を止めて振り返ったが、誰もいない。

いやな胸騒ぎを覚え、光音は足を速める。すると、建物の角を曲がった時、突然誰かに手首を掴まれて、壁に背を叩きつけられた。

「痛……っ」

「よお」

ウィルだった。彼は壁に手をつくと、気色ばむ光音を見て、唇の端を吊《つ》り上げる。

「昨日は残念だったな。せっかく熱い夜を過ごそうと思ったのに」

「僕は……そんなつもりじゃなかった」

「部屋まで来ておいてよく言うぜ。ちょっとはその気だったんだろ？」

「違う！」

　言った途端、ウィルの眉間に皺が刻まれたのが見えた。それが怖くてつい下を向いてしまい、光音は唇を嚙み締めた。

「なぜ僕にちょっかいをかけるんです？　ケリーさんは、僕の手紙を覚えてくれていたから、会いにきてくれた。でも貴方はそうじゃない……僕なんか、無視しておけばいいのに」

「お前がケリーのモノだからさ」

　物騒な声の響きに、光音は息を吞む。

「想像してみろ。自分の身体の中にもう一人の人間がいて、自分が寝てる間に好き勝手やってる。腹が立つだろ、そんなもん。消してやりてえと思うだろ」

「だからって、どうして……」

「俺はあいつが嫌いだ。いつも俺の後ろに隠れてるくせに、ヘラヘラ笑って、俺なんかいないように振る舞いやがる。だから足りねえんだよ、消すだけじゃ。あいつの時間も、記憶も、気持ちも、全部、全部奪ってやりてえんだよ」

　そう言って、壁から手を放し、ウィルは光音に横顔を向ける。光音はおそるおそる視線を上げ、不安な声で言った。

「消す……？」

「お前、ケリーとどんな話をした？　あいつの昔話とか聞いたか？　聞いてないよな、覚えてないんだから。あいつの記憶は、どんどん俺のほうに流れてきてやがるんだ」

　ウィルは鼻を鳴らすと、自らの掌を見つめた。

「俺が眠っていた間の記憶が、今はほとんど手に取るようにわかる。まるで、俺がその時間を生きてきたみたいに……。わかるんだよ、あいつの意識が弱まってきてるのが。現にあいつの時間は、どんどん減ってきている」

残酷な事実を聞いているうちに、光音は身体が氷と化していくような感覚に陥っていた。愕然と目を見開いていると、ウィルに腰を抱かれ、強引に引き寄せられた。

「あ……！」

「俺のモノになれ、アルト」

「は、離して……っ」

「偽物に惚れたって、虚しいだけだろ。それに……お前が愛してるのは、この俺の音色だ」

偽物。

その言葉に、ぞくりと背筋を撫でられた。

「気づいてるんだろ？　ステージで演奏しているのは、俺だ」

それは、否定することのできない事実だった。

「お前がどんなにケリーを愛そうと、世間が求めているのは、この俺だ。虚しい戦いはよせ、お前も、俺の感性に溺《おぼ》れちまえばいい」

唇を近づけられ、光音は慌てて彼を突き放す。

「やめて！　もう……聞きたくない」

両手で耳を塞ぐも、音を完全に遮断することはできない。ウィルの残酷な声は、手の振動を伝ってさらに聞こえてきた。

「諦めろ」

「やだ……」

「お前があいつを見放せば、あいつは完全に消える」

耳を塞ぐ手を強引に剝《は》がされ、光音は怯えた瞳でウィルを見上げる。

「なぜ？　意味がわからないよ……」

「あいつは、お前の記憶だけをどうしても手放さない。お前の存在に、ギリギリのところでしがみついてやがるんだ」

その言葉で、光音は気づく。

ケリーが、自分なんかの手紙を覚えてくれていた理由。周囲のあらゆる人に否定される中、唯一届いた言葉に、彼は心のよりどころを作ったのだ。

　自分の言葉が、存在が、彼の手をギリギリのところで引き止めている。そう考えたら、途方もなく切なくなった。ケリーへの想いが、洪水を起こしたかのように、一気に胸の中で溢れ返っていく。

「だったらなおさら……僕は、ケリーさんを放したくない」

　そう言って、光音はウィルに摑みかかった。何がなんでも、ケリーを引き止めたかった。

「お願い、彼を消さないで！　貴方の言うこと、聞きます……なんでも聞くから……っ」

「じゃあセックスさせろ」

　光音の瞳が動揺で揺れる。しばらく無言で、その瞳を見つめていたウィルだったが、やがて鼻で笑って視線をそらした。

「淫乱が」

「えっ……」

「お前、今『Yes』って言おうとしただろ。ケリーを想いながら、俺に抱かれる……健気なつもりかもしれねえが、俺に言わせればとんだビッチだ」

　冷たく言い放ち、ウィルは光音に背を向けた。

「どのみち、リサイタルが終われば俺はロンドンへ帰る。そうなればもう、お前に会うことはねえ。ケリーが消えるのも、あとは時間の問題だ」

「待って、ウィル……」

「呼ぶんじゃねえ。俺は……『ケリー・クロフォード』だ」

　何かの呪文《じゅもん》のように言い、ウィルはその場を立ち去った。取り残された光音は、力なく壁にもたれかかり、ずるずるとその場に腰を下ろす。

　やりきれない気持ちでいっぱいだった。ウィルの言ったことを、何ひとつ否定できないのが苦しい。

　今のケリーの人気を作ったのは、間違いなくウィルの演奏だ。彼がステージで魅せる常軌を逸した演奏を、自分もまた愛したのは事実。

ケリーの音色は、彼の性格をそのまま表したかのよう優しく愛に溢れており、その分、迫力には欠けていたかもしれない。でも、それが良かった。テクニックに甘んじることなく、純粋に優しさを伝えてくれる素直な音色が好きだった。たとえそれが、世間から受け入れられなかったのだとしても、その純粋さに救われ、自分は愛した。

世界から拒まれているような気がしたと、ケリーは言った。なぜ俺なんか生み出されたのだろう、とも。圧倒的なウィルの人気の裏側で、彼はどんな気持ちを味わっていたのだろう。切なさで胸が壊れそうになった。

あの優しい《カノン》……ケリーがステージで見せた、唯一の演奏。それを否定された彼の絶望が、痛いほど伝わってくる。そんな苦しみの中で、自分の贈った小さな折り紙の鳩なんかに、彼は希望を見《み》出《いだ》してくれた。

どうして応えなかったのだろう。その時から培ってきてくれた恋心に、船の上で、車の中で、なぜ自分は応えられなかったのか。

耐えがたい後悔の波に襲われ、光音は目を覆った。

ケリーの言葉が聞きたかった。彼と話がしたい。言いたいこと、聞きたいことがありすぎて、このままでは何も納得できない。

ゆらりと立ち上がり、光音は家とは反対の方向へ足を向けた。そしてふらつく足取りで、西日の差し始めた街中を一人歩いていった。

結局この日は、店を開けずにサボってしまった。

パラティーノの丘のベンチで、光音は目下に広がるフォロ・ロマーノを見つめていた。

ケリーと来た場所。あの日の彼の横顔は、とても美しかった。こんな場所にいても何にもならないというのに、もう一時間以上、光音はここを動けずにいる。

　辺りは徐々に暗くなり始めていた。まだライトアップは始まっておらず、遺跡の影は黒く浮かび上がっているだけだ。

　冷たい風が吹いた。薄着で出てきてしまったことを思い出し、光音は肩を震わせる。耳の中で、再びあのメロディーが響き、ジーンズのポケットから携帯を取り出した。

『The way we were』

　あれからトマスが携帯に入れてくれた音源を表示させる。再生すると、静かなピアノの伴奏が流れ、少しハスキーな女性の声で歌が歌われた。

　トマスの言葉から予想していたことだが、それは、別れの歌だった。それも、別れねばならない相手に贈る、最後の思い出。

　ケリーのヴァイオリンの音色を思い出しながら、光音は歌詞の意味を嚙み締める。

　たとえ離れ離れになっても、輝ける思い出は消えない。でも、忘れるよりも、忘れずにいることはもっと辛い。だから微笑むのだと。楽しかった事実を、美しく思い出せるように――。

　あの時、音に込められたケリーの気持ち。彼はこう言いたかったのだ。どうか、俺がいたことを忘れないでほしい、また思い出してほしい、と。

　キスを忘れないでくれと。彼は言った。その意味が、ようやくわかってしまった。

　熱くなった瞼を閉じ、光音は携帯を持つ両手を額につける。

　芽生え始めた恋心に戸惑い、舞い上がって、こんなにも切実なケリーの心に気づくことができなかった。音はその人の心を表すことを、自分は、深く深く知っていたはずなのに。

　風に消えゆくピアノに伴い、歌が終わる。

　すると、背後からサクサクと芝生の音を鳴らし、こちらへ近づいてくる足音が聞こえた。

　足音がすぐ後ろで止まり、光音はゆっくりと振り返る。

「驚いた……。まさか、君も来ていたなんて」

昼間会った時と同じ、黒い服を着ている。だがその声色で、彼だとわかった。

「ケリーさん……」

そう言って立ち上がると、ケリーは革のジャケットを脱ぎ、肩にかけてくれた。

「寒いだろう？」

ジャケットの温もりとともに、彼の優しさが身に染みる。

泣きそうになった。身体よりも遙かに大きなジャケットの前を掻き合わせるようにして、光音はケリーを見上げた。

風が吹き、ケリーの前髪をさらりと撫でる。まるでその風に、彼が溶け込んでしまいそうな気がして、怖くなった。

「嘘ですよね、貴方が『作られた』なんて……」

思わず言った。悲しい顔をしたケリーを見ると、光音の心はますます不安に駆られた。

「答えて。貴方は消えないですよね？　いなくなったり……しないですよね？」

「ウィルが言ったのか？」

光音は、戸惑いつつも頷いた。

「何かされなかった？」

「何も……」

「良かった。それだけが、気がかりだから……」

溜息交じりに言って、ケリーはフォロ・ロマーノが見えるほうへ足を進める。広い背中を光音に見せながら、彼は冷静な声で語った。

「わからないんだ、正直……。子供の頃から、この身体の中にいたとは思う。でもここ数年、少しずつ記憶が抜け落ちてる気がする。そのせいか、時々意識がぼんやりするし、自分の存在が希薄になってきているのは、徐々に感じているよ」

それはつまり、自身の消滅を予感しているということなのだろうか。時折見せるケリーの儚げな表情の理由がわかってしまい、光音はますます悲しい気持ちになった。

　船の上で「また会いにくる」と言ってくれた時、彼はどこか悲痛な目をしていた。もう会えないかもしれないと、彼は自分以上に感じていたのだ。にもかかわらず、再会を約束してくれた優しさが、今は胸を苦しめる。

「だから、君の街を見たいと思ったんだ。鳩《はと》の折り紙をくれた人が、どういう景色の中で暮らし、どんな顔をして、どんな声をしているのかを、知りたかった」

　俺が消える前に――。

　言葉には表さなかったが、振り向いた彼の切ない笑みが、そうつけたしたように思えた。瞬間、光音は胸を握り潰されるような焦燥を覚えた。

「どうして……？　自分が消えるかもしれないのに、なぜそう笑顔でいられるんですか？」

　泣きそうになるのを必死で堪え、光音はケリーを見上げる。すると、

「君は、ウィルの演奏が好き？」

　彼は突然、なぜかそんなことを問いかけてきた。

「俺は好きだよ。この世の誰よりも、彼の芸術を愛してる」

　まっすぐな目だった。その声と表情からは、嘘など微塵《みじん》も感じられない。

「彼の演奏は、とても冷たいように聴こえるけれど、この世を照らす光のように俺は思うんだ。毒をもって毒を制するように、人の心を癒してくれる……そんな音だ」

　光音は驚いた。ウィルの見せる狂気のようなものを、ひたすら凄いと世間は褒め称えるが、こんな風にウィルの演奏を解釈する声は、今まで聞いたことがなかった。

「俺はウィルを知らない。同じ身体にいる以上、会うことはできないから。でも演奏を聴いていて、彼が激しい情を持った人だというのは感じている。怒

りや悲しみ……何が彼を駆り立てるのかわからないけど、そんな情を、なんの躊躇《ためら》いもなく解き放ってくる人だ。そしてそれは、音に命を宿す。感じたことはない？　彼の音色は、まるで呼吸をしているようだって。あんな弾き方をできる人間は、二人といない。あの芸術のためなら、命をかけたいと俺は思う。俺も、ヴァイオリンを愛しているからね」

「もしかして、憧れの人って……」

「そう、彼《ウィル》だよ。ずっとずっと、追いかけてる」

そう言って、握り締めた左の拳《こぶし》を、ケリーは少し悔しそうな表情で見つめた。

「負け惜しみに聞こえるかもしれないけど、技術は彼に負けない自信があるんだ。でも俺は、音に命なんて宿せない。きっとそれは、彼と俺の持つ激情の差なんだろうな」

音は、奏者の魂だ。

ウィルの音は、激しく、狂おしく、とにもかくにも壮絶だ。それを奏でる感情の炎が、彼に胸には燃え盛っている。それに世間は熱狂する。でも――、

「貴方の音にだって、ウィルにないものがあるじゃないですか……！」

そう言うと、ケリーは弾かれたようにこちらを見た。

「貴方の音色は、僕を癒してくれた。それは、貴方の心が思いやりに溢れているから。貴方の音には、愛が詰まってるんです。僕にはわかる」

毒を持って毒を制する。そんな癒し方も、あると思う。辛いことの溢れる世界で、多くの人がそれを望む。それはわかる。

しかし、美しい景色が、ただその美しさ、静かさをもって人の心を癒すように、ケリーの音色もまた癒しをくれる。幸せにしてくれる。こんなにも世界は美しい、明日も生きていこう。そんな風に、じわじわと心を温めることが彼にはできるのだ。

すると、ケリーは言った。

「君は、いつだって俺に希望をくれるね……」

彼は微笑んでいたが、その声は、どこか辛そうに聞こえた。

「正直言うと、ウィルの激情を、羨《うらや》ましいと思ったこともあったんだ。俺も、何かを激しく求めてみたかった。誰にも負けない強い感情が欲しかった。でも今、ようやくそれが手に入ったよ」

温かな手が、光音の頬に触れた。その生き生きとした体温に、光音はケリーという人の存在を、命の息吹を痛いほど感じた。

「君だよ、アルト。何がなんでも君に会いたいって、俺は強く願った。君が好きだと、強く思った。こんな感情を味わえるなんて、俺は本当に幸せだ」

その時ふと、光音の脳裏に、癌で余命宣告を受けた時の母が蘇った。本当は人知れず泣いていたのに、自分と父の前ではいつも笑顔で、「私は幸せよ」と言い続けていた。今のケリーが、あの時の母と重なり、胸が張り裂けそうになった。

「いやです、そんなの……！」

たまりかねて、光音はケリーの胸元に額を擦《こす》りつける。

「貴方だけの問題にしないでください！　僕は、貴方を失いたくない……っ」

「アルト……」

ケリーは光音の背をなだめるように優しく撫で、困ったように周囲を見回した。もうすぐ始まるライトアップを見るために集まった観光客が、何事かとこちらを見ていたからだ。

「場所を変えようか。ここだと、少し……」

「じゃあ、僕と一緒に来てください」

光音はケリーの胸から顔を離し、赤くなった目で彼を見上げた。

「見せたいものがあるんです」

それをして問題が解決するとは思えない。だけど、ケリーに全てを伝えたかった。強い想いを抱いていたのは、彼だけではないのだと。

パラティーノの丘を下り、二人は長い時間をかけて歩いた。日の落ち始めた道は少しずつ暗くなっていき、沈黙を重たいものに染め上げていく。

着いた先は、父の店だった。空は夕焼けになっていて、日の当たらない店は中がとても暗かった。光《ある》音《と》は中に入ると、すぐに階段を上り、ケリーを二階へ招き入れた。

「ここは?」

「アトリエです。貴方《あなた》が店に来た日も、僕はここでヴァイオリンを作っていました……」

そう言って自分の作業台に近づき、被《かぶ》せてあった布を静かに剝《は》ぎ取る。すると、作りかけのヴァイオリンが姿を現した。ケリーに見せたくて作っていたものだ。

「このヴァイオリン……ここまで仕上げるのに、七年もかかりました。知っていますか? いいヴァイオリンを作るには、木に音楽の波長を染み込ませなくちゃならないんです」

その方法は単純で、木材に音楽を聴かせるのだ。しかし、一日二日じゃない。何年もかけて聴かせ続けて、ようやくその変化は起こり始める。

「それだけで七年です……! 僕が、貴方に憧れ続けたのと同じ歳月。この木に僕は、ケリー・クロフォードの演奏をずっと聴かせてきた。貴方だと思い続けていた、ウィルの音色を……っ」

いきなり最高のものを作れるとは思っていたわけじゃない。でも、今の自分の全てをかけて、いいものを作ろうと強く思った。それは全て、ケリーに近づくためだ。彼の音色を生かすヴァイオリンを作るため、やっと踏み出せた第一歩だった。

それなのに——!

光音は奥歯を嚙《か》み締め、木槌《きづち》を手に取った。だが顔の横まで振り上げられた時、手首をケリーに摑《つか》まれてしまった。

「よせ! 君が長い間積み重ねてきた、努力の結晶なんだろう?」

光音は息を呑《の》み、じっとヴァイオリンを見下ろした。

ようやく形になろうとしているそれは、まるでお腹《なか》の中にいる子供のように見えた。それを壊すことは、芽生えかけた命を摘《つ》み取るのと同罪のように感じた。

「うぅ……っ！」

手の中から滑り抜けた木槌が、ゴトンと音を立てて床に落ちる。光音は力なくケリーに縋《すが》りつき、彼の胸に顔を押しつけた。

「僕は、どうすればいいんですか……っ!? 僕は貴方の音色に心を惹《ひ》かれた。でも、ウィルの演奏に憧れたのも事実です。自分が何を信じればいいのか、今まで何を見てきたのか、もうわかりません！ ただ今は、貴方を失いたくない……！」

これまでの七年は、全てがケリーとともにあったと言っても過言ではない。毎日ケリーのヴァイオリンを聴き、彼を意識してヴァイオリンを作り、父のギャラリーを見つめながら、ケリーに自分のヴァイオリンを渡すという夢を思ってきた。

「貴方への気持ちを、尊敬とか恋とか、そんな言葉で言い表すことはできません。貴方が好き、大切なんです……！ 貴方を失ったら、僕はどう生きていけばいいんですか!?」

情けない告白だ。でも、本心だった。

尊敬している。自分の全て、神様――。それほどまでに思っていた気持ちに、出会ってから恋という感情が加わってしまった。それはもはや、名前などつけようのない想いだ。そのあまりの強大さに戸惑い、最初は受け入れるどころか目を向けることすらできなかった。

でも今は、溢れて溢れて、もはや目をそらすなんて不可能だ。気づいた時には別れを突きつけられるなんて、こんなに残酷なことはないと思った。

「お願いです、いなくならないでください……！

僕に会いに来てくれなくてもいい、この世にいてくれるだけでいいんです。貴方がいれば、それだけで僕は……っ」

「アルト……」

「お願い、僕の夢を失わせないで……僕から全てを奪わないでください！」

光音はケリーの服を摑んだまま、涙でボロボロの表情を彼に向けた。

刻まれた眉間《みけん》の皺《しわ》に、戸惑いの色が浮かんでいる。ケリーはさらに目を細めると、濡《ぬ》れた光音の頬《ほお》を指で拭《ぬぐ》った。

「俺は君に、何も約束できないんだぞ……」

涙の筋を辿る指が、眼鏡《めがね》のつるを摘《つま》み、そっとはずしてくる。カツン……と、机にそれを置く音が鳴り、光音は歪《ゆが》んだ視界の中で、ケリーの双眸《そうぼう》を見つめた。

「なのに、なぜ俺を引き止めようとする？　なぜ君は、こんなにも……っ！」

悲しい声とともに、背中を強くかき抱かれた。同時に唇を奪われ、光音は濡れた睫毛《まつげ》を閉じる。

激しい口づけだった。角度を変えながら、ケリーは何度も唇を押し当ててくる。光音はそのまま強引に後退させられ、部屋の中央のテーブルに押し倒された。

「ぁ……」

見上げると、何か言うより先に、再び無言で接吻《せっぷん》が与えられた。今度は唇を重ねるだけではなく、舌を使った濃密なキスだ。くすぐるように光音の舌を撫《な》で、時折唇を離し、こちらのもどかしげな反応を窺《うかが》ってから、また深く口づけてくる。一見強引なようだが、その感触はやはりとても優しかった。

「ん……ふ……」

溢《あふ》れた唾液を、淫蕩《いんとう》な音を立てながら舌ごと啜《すす》られた。口腔《こうこう》をふやけきるまで愛すると、ケリーは最後に下唇を強く吸い、ようやく顔を離していった。

「ケ、ケリーさん……？」

名を呼べば、真剣な表情で見つめ返してくる。普段温厚な彼が、こうして眉《まゆ》を顰《ひそ》め、強い眼光を放つと胸の奥がきゅうっと締めつけられた。

「キス……覚えていました」

ケリーが軽く首を傾《かし》げる。

「忘れませんでしたよ、ケリーさんのキス……」

そう告げると、彼の目が、ぐっと細められた。

「俺もだ」

低く言って、シャツの裾《すそ》を捲《まく》り上げられた。緊張のあまり目を瞑《つぶ》ってしまったが、いやだとは思わなかった。

白くて華奢《きゃしゃ》な上半身が、明るい照明の下に晒《さら》される。ケリーは一度光音の唇を啄《ついば》むと、頬へ、そして耳朶《じだ》に口づけ、さらに首筋へと唇を這《は》わせていった。

「ふ……う……んっ……」

肌を吸われる音が恥ずかしい。薄い胸板にキスを落とされた時、あまりのくすぐったさにビクッとなってしまった。

熱い吐息が肌に触れると、感情をぶつけられているような気がして、切ない気持ちになる。光音が儚《はかな》げな息を吐いた時、胸の先に湿った感触が走った。

「ひぁ……!?」

咄嗟《とっさ》にはしたない声が出て、思わず手の甲で唇を塞《ふさ》いだ。乳首を口に含まれたとわかり、背中がかあっと熱くなる。

「く……う……んぅっ……」

何度も強く吸われて、ピンク色の乳頭を舌先で小刻みに弾《はじ》かれる。

恥ずかしくてたまらなかったが、それ以上に、肌を通じてケリーを感じられることに途方もない安堵《あんど》を覚えた。この人がここにいる。感情を、欲情を剝《む》き出しにして、自分に触れてくれることが奇跡のようだった。

「ケリー……さ……っ」

求めるように名を呼ぶと、ケリーはすっと身を起こした。そして黙ったまま、光音のジーンズのボタンに手をかけてくる。ジッパーを下げるいやらしい音が響き、ズボンを軽くずらされると、青いローライズの下着が暴き出された。布は既に湿っており、小ぶりな性器の形をくっきりと現している。

「あっ……や……」

まずは布の上から股間を撫でられ、下着の裾から濡れそぼった果実のような花芯《かしん》が取り出された。

「綺麗《きれい》だよ」

艶《つや》のある声で言い、ケリーは花芯を手で扱《しご》き始める。くちくちと湿った音が鳴り、強い快楽が性器全体を満たしていく。

「……あっ、うぁぁ……！」

するとケリーが再び乳首に吸いついてきて、性器を扱く手が離れた。乳頭に唇が当たると、痺れるような愉悦が股間へと落ちていく。婀娜《あだ》な口づけの音に混ざって、ベルトの金具がはずされる音が聴こえた。そして次の瞬間、性器の裏に、熱く滾《たぎ》った何かが押し当てられた。

「え……っ」

力強い脈動が、粘膜を通して伝わってくる。それがケリーの男根だと気づいた時には、ふたつ一緒に掌《てのひら》に握り込まれていた。ケリーは身を起こすと、険しい表情で腰を前後に動かし始めた。

「ん……っく……ぅ、あ……あぁっ」

愛液を潤滑油に、粘膜の擦《こす》れ合う湿った音が響いた。目で見たわけではないが、この感触だけで、ケリーの男根がいかに大きくて硬いかがわかる。張り出した雁首《かりくび》が裏筋を擦るたび、言いようのない快感が腰を這い上がってくる。甘ったるい声を抑えようとしても、自然と唇から零《こぼ》れ出してしまう。

爪先に力が入る。もどかしいまでの快楽の波が、下肢を硬直させ、痺れさせていった。

「も……で、出ちゃ……ケリーさん……あっ、ああ……」

切ない声で呼ぶと、ケリーはなだめるように口づけをしてくれた。彼の首に腕を回し、光音は小刻みに腰を跳ねさせる。気づけばケリーの唇を吸うのに夢中になっていて、性器は限界まで張りつめていた。

「ん……ぅ、んんっ……」

舌の裏を舐《な》められた時、甘い電流のような愉悦が、陰嚢《いんのう》の裏から込み上げてきた。口を塞がれたまま、光音は強くケリーを抱き締め、白い法悦を弾けさせた。そこから一呼吸遅れて、ケリーもまた精を放つ。

「は……あっ……」

射精の余韻で陶然となる光音を見下ろし、ケリーはゆっくりと上体を起こした。光音の薄い腹には二人の精が飛散し、白い肌をますます白く染めている。それを見つめ、ケリーは呟いた。

「君を、手放したくないな……」

あまりの悲しい声に、光音はハッとなる。

「俺がいなくなったら、君はいつか、他の人とこういうことをするんだろうか」

顔の横に手をつかれ、光音は彼を見上げる。その表情は、悔しそうに歪んでいた。

「会えば、満足だと思っていたんだ……君に感謝の気持ちを伝えれたら、それでいいって。なのに、わがままな気持ちがどんどん膨らんでしまっている。願うことなら、明日も明後日も、君に会いたい。その次の日も、また次の日も……君のいる景色の中で、君と一緒に生きていけたらどれだけ幸せだろう」

ただ、笑って受け入れていたのではない。自身の消滅を、誰よりも苦しみ、怯《おび》えていたのは彼だった。

「ケリーさん……」

涙で濡れた頬に、手を添えられる。こんなにも苦しんでいるのに、その感触はやはり優しいままで、光音は悲しくなった。

大好きだ。この人を失いたくない。自分の存在が、どれだけ役に立てるかはわからないけれど、たとえ儚い一本の糸だとしても、彼のことを繋《つな》ぎ止めておきたい。

「記憶……」

かすかに眉を上げたケリーを、光音は見つめる。

「作りましょう、これからたくさん。僕と、一緒に……」

失ったのならば、また新しく作ればいい。たとえ失われたとしても、ケリーが生きた軌跡は、彼の優しい性格を作り、そこに息づいていくのだ。

「また海へ行きましょう。あの日の、貴方の姿……太陽と海に照らされたケリーさんを、僕は覚えてる。そうやって積み重ねた思い出が、新しい記憶になる。だから、作りましょう……僕が貴方を消させない」

この気持ちが、正しいとは言えない。今のケリーとウィルの状態が病なのだとしたら、二人をこのままにしておくのは良くないことなのかもしれない。でも、それでも失いたくないのだ。

「貴方が作られた人だとしても、好き、こんなにも好き……。だからお願い、いなくならないで……っ」

「アルト……」

そっと髪に触れられる。

「好きだ」

低い囁《ささや》きとともに、接吻が与えられた。互いに手を繋ぎ合って、甘やかな瞬間に酔いしれる。願うことなら、この一瞬が永遠になればいいのにと思った。

外にはいつの間にか、星が浮かんでいた。まだ淡い夜空の中を、一筋の流星が横切った。

◆◇◆

翌朝、目を覚ますと、ケリーはいなかった。

あの後、ケリーを自宅にある自分の部屋へ招き入れ、一晩ともに過ごした。とはいえ、あれ以上の特別なことは起こっていない。眠くなるまで一緒に本を読み、音楽の話をして、いつの間にかベッドで眠ってしまっていた。

彼がいた気配が残る部屋の中で、光音は小さな溜《ため》息《いき》をつく。カーテンを開けようとしたが、日の光が全てを消してしまいそうで、やめた。

「ケリー」

ベッドの上で膝《ひざ》を抱え、寂しく名を呼ぶ。目が覚めても、ここにいてほしかった。

いつウィルと人格が入れ替わるかわからないことを危惧して、彼はここを去ったのだろう。好きな人が自分の傍《そば》で眠ることができないなんて、悲しいにもほどがある。

不安だった。ケリーを消させないと言ったが、現実に逆らえるかどうか、自信がない。

でも、なんとかしなくては。そう思って顔を上げ、光音は手で枕元の眼鏡を探す。その時、

「？」

何かが手にぶつかり、床へと落ちた。

探し出した眼鏡をかけて、それを拾い上げる。

「これ……」

鳩だった。青い折り紙でできた、ボロボロの鳩。あちこち破られ、その都度セロハンテープで修復された形跡がはっきりと残っている。

それが六年前、自分が贈ったものだと気づくまで、全く時間はかからなかった。

ケリーはどういう意図でこれを置いていったのだろう。しばらく考えて、ふといやな予感が頭をよぎった。

まさか——。

息を呑んだ光音は、跳ねるように立ち上がった。

ちょっと視線を動かせば、机の上には、ケリーから貰《もら》った鳩や、彼の写真が飾られている。そこに写る淡い微笑みを見た瞬間、身体の芯を捩《ね》じられたような激しい焦燥を覚えた。

まさか、さよならという意味なのか。

自惚《うぬぼ》れではなく、がちがちに固められたセロハンテープの跡を見れば、ケリーがいかにこの鳩を大切にしていたかがわかる。きっと肌身離さず、こんなちっぽけな贈り物を、彼はずっと持っていてくれたのだ。

ウィルは言った。あいつは、お前の記憶だけをどうしても手放さない。お前の存在に、ギリギリのと

ころでしがみついている――と。

ケリーにとって、この鳩は、自分とのきっと最初の思い出。それを手放したのは、彼が消える覚悟を決めてしまったからではないか。

「駄目……！」

光音は首を振った。

衝動的に、鳩を持ったまま一階まで駆け下りる。すると、階段の最後の一段で足を滑らせ、派手な音を立てて倒れ込んだ。

痛みに耐えて身体を起こすと、リビングのテーブルに置いた携帯が目に入った。

（そうだ、トマスさんに……）

咄嗟にそう思い、携帯の画面を表示させたが、そこで手が止まった。こんなことを相談すれば、ケリーの存在がますます危険に晒されるのではないか。

誰にも言えない。助けを求められない。

はやる気持ちを抑えながら、光音は誰もいないリビングを見回した。世界の全てが、自分とケリーを繋ぐものを壊そうとしている気がした。

「お願い……」

転んだ拍子に落とした鳩を、震える手で拾った。

「戻ってきて……お願い！」

ただその想いだけで、光音は家を飛び出した。

二人で行ったファーストフード店、サンタンジェロ城、フォロ・ロマーノ、ケリーとの思い出のある場所をとにかく巡り、必死で彼を探した。そのどこにも彼がいないとわかるたび、泣きそうになった。空は灰色の雲で覆われ、絶望に拍車をかけるように暗かった。

思い出が消える。そんな気がした。

眩《まぶ》しい面影《おもかげ》を追っても無駄だ。そう思い、光音は来た道を引き返す。そしてケリーのアパートへ行き、そこにも彼がいないとわかると、昨日トマスと一緒に訪れた多目的ホールへと向かった。

感覚は麻痺《まひ》していたが、家を出た時から、かなり時間が経っていたと思われる。ホールへ辿り着いた時にはへとへとで、少しでも気を抜けば倒れそうだった。

（あ……！）

　そこで立っていた人物を見て、光音は足を止める。トマスとミランダだ。気配に気づいたのか、彼らはこちらを振り向いた。

「おお、アルト。ちょうどいいところに」

　光音は表情を強張らせ、あとずさる。そのただならぬ様子に気づき、トマスは心配そうに近づいてきた。

「どうしたんだよ？」

「な、なんでもない……」

「おい」

　逃げ出そうとしたが、手首を強く掴まれる。もはや、心身ともに抵抗する力は残っておらず、光音は怯えた目でトマスを見上げた。

「アルトさん」

　トマスの後ろから、ミランダが歩み寄ってくる。

　彼女は困り果てた表情で言った。

「兄がどこにいるか、ご存じじゃないかしら？　実は、今朝から姿が見えないんです」

　光音は「えっ」と声をあげ、咄嗟にトマスの顔を見た。

「取材のアポを取り直そうと思って、ここへ来たんだ。そしたら彼女が、ケリーがどこにもいないって」

　そう言って、トマスはふと真剣な表情になった。

「お前、何か知ってるだろ」

「あの……僕……」

　視線を彷徨《さまよ》わせ、光音は言う。

「昨夜、ケリーさんと一緒にいたんだけど……。いなくなってて、だから探そうと……」

「朝まで一緒だったのか？」

「それはわからない。僕、寝てしまって……」

　ちらりと顔を見ると、トマスは棒でも飲み込んだような顔をしていた。明らかに、二人の間に何があったのかを想像している表情だ。

　するとミランダが大きく息を吐き、額を押さえた。

「近頃おかしいのよ、兄さん。いったいどうしてしまったのかしら……」

　言ってからトマスのほうを見て、彼女はあっという顔になる。それに気づき、トマスは言った。

「大丈夫ですよ。俺、ケリーのファンですから、悪いこと記事にしたりしませんって」

「はあ……」

　困ったように頷《うなず》くミランダを見て、光音は言った。

「近頃、おかしいって……？」

「前も見たでしょう。あの人、突然攻撃的になることがあるんです。でもそれは、練習の時とか、ステージの時だけだったので、単に集中しているだけだと思っていたんですが……」

「ストレスじゃないですかぁ？」

　安心させるような口調でトマスは言ったが、彼女は苦い顔のままだった。

「だとしたら、ずっと無理をさせてきたんだわ。プロになってからだもの、兄さんがあんな風になったの……」

　どういうことだ――。ミランダの言葉を聞きながら、混乱した光音の脳内で、疑問が回り始める。

　近頃おかしいってなんだ。プロになってから、あんな風になった？

　あんな風って？　突然攻撃的になることか？

「本当、勘違いしないでくださいね。昔からずっと、兄は優しい人なんですよ。ただ、人一倍責任感が強いから、フラストレーションが溜《た》まっていたと思うんです」

「わかってますって。俺はまだ喋《しゃべ》ったことないけど、アルトが彼の人柄をよく知ってますよ。なあ、アルト」

　昔から優しい？　でも、それでは辻褄《つじつま》が合わない。ケリーは自らが作られたほうだと言った。だったら元の性格はウィルだ。ウィルも、昔は優しかったということ？　でも、それって何かがおかしい――。

「アルト？　おい。お～い」

トマスが肩を揺さぶってくる。それで、アルトはようやく我に返った。

「とりあえず、もう少し待ってみようと思います。車は置いたままだし、そう遠くへは行っていないと思うので。もし兄を見かけたら、私のところへ連絡をくれますか？」

「いいですよ～」

「ありがとう。それでは」

ミランダは頭を下げ、ホールの中へ入っていった。

彼女が姿を消してから、トマスは光音の肩を叩《たた》いて言う。

「ケリーもなかなか複雑な奴みたいだな。で？　お前は何があったんだよ？」

答えるより先に、涙がぶわっと溢れ出した。

「お、おい……」

「ごめんなさい……なんか、もう……」

わけがわからない。頭の中がぐちゃぐちゃで、心が疲れ果ててしまった。

これ以上、何もかも抱え込むのは無理だ。だって自分は何も知らない。何もわからない。光音は指で涙を拭い、意を決したようにトマスへ問いかけた。

「トマスさん。人格が分かれる病気のこと、知ってる……？」

そう言うと、トマスは一瞬表情を曇らせた。

「ＤＩＤ《解離性同一障害》ってやつか？　知ってるぜ、前にそういうアーティストに取材したからな。あ……もしかして、ケリーがそういう病気だとか思ってんのか？」

言われて、光音は焦った。

「そ、それはわからない。でも知りたい……それって、どういう状態になるの？」

「人によって違うらしいぜ。同じ身体の中でころころ入れ替わるタイプもあれば、もう一人の人格が幻覚みたいに現れるタイプもあるって」

「なぜ、そんな病気になるのかな……」

「一種の防御反応らしい。どうしても耐えられないような現実が起こると、これを体験しているのは自分じゃない！　って、無意識に思っちまうんだ。それで、自分の中に身代わりを作る。俺が取材した相手は、学校でのいじめが原因って言ってた」

「治ったの？　その人」

　問いかけると、トマスは首を振った。

「……死んだ」

　そう言って駐車場へ歩き出した彼を、光音は慌てて追いかける。

「車の衝突事故だったんだが、自殺じゃないかとも言われてる。借金抱えてたみたいだしな。でも遺書は残ってないし、何があったのかは、死んじまった本人以外わからねぇ」

　車の前まで来て、トマスは言った。

「これ以上、立ち話もなんだ。飯でも食いながら話そうぜ」

「そんな気分になれない……。僕、歩いて帰ります」

「いいから来い。お前、今自分がどんな顔してんのかわかってんのか？」

　言われて、車の窓ガラスに映った自分の顔を見る。まるで幽霊みたいな表情だ。よく考えたら、昨夜からほとんど食べ物を口にしていない。

「せめて家まで送らせろ。ケリーのこと、話したくないんならそれでいいから」

　仕方なく、光音は頷き、トマスの車に乗り込んだ。ゆっくりと車を走らせる彼の隣で、窓の外をぼんやりと見つめる。

「ただのストレスだといいな。ケリーもきっと疲れてるのさ。今頃どっかで羽伸ばしてんのかもよ」

　それを聞き、光音はふと思う。

　彼が羽を伸ばすとしたら、それはきっと、人気の少ない美しい景色の見える場所。

（一ヶ所だけ、行ってない……）

　瞼《まぶた》の裏に、穏やかな青い景色が蘇る。

　それは、ケリーと訪れた、思い出の海だった。

静かなさざ波の音が聞こえる。

本当ならこの時刻、美しい夕陽を見せてくれるはずの空は、灰色の雲に覆われていて、ほとんど夜に近いほど暗くなっている。ところどころ、ほんの少しだけ赤い色の光を覗《のぞ》かせる雲は、まるで溶岩のように見えた。

ローマから一時間ほどかけて電車を乗り継ぎ、この海へ来た。こんな場所で会えるかどうかは、正直なところ半信半疑だ。でも、思いついた以上、行くしかないと思った。

海岸は広い。あの日、ケリーと腰を下ろした場所に立ち、光音は遠くの水平線を見つめる。

「どこへ行ったの……？」

その声は、波の音に飲み込まれた。

「ケリーさん！」

今度は負けないように、叫んでみた。


すると、どこか遠くのほうから、ヴァイオリンの音が聴こえてきた。

悲しい音色、ショパンの《ノクターン》。誰が弾いているのかは、すぐにわかった。左を向くと、少し離れた先に岩陰があって、音はその向こうから聴こえてきているような気がした。

さく、さくと砂を踏み鳴らし、光音は足を進める。

そして、ちょうど演奏が終わると同時に、岩陰の向こうにいる人影が見えた。

「ウィル……」

呼びかけると、ウィルは驚いたようにこちらを向いた。服装は、昨日のままだ。まさか、今朝からずっとこの場所にいたのだろうか。

「何してるの、ここで」

「お前こそ、何しに来やがった」

威圧的な口調に、思わず口籠もる。

「貴方を、捜しに……」

そう答えると、彼はフンと鼻を鳴らした。

「ケリーの間違いだろ」

吐き捨てるように言い、ウィルはヴァイオリンをケースに戻すと、その場にどさっと腰を下ろした。見れば、背中や足にたくさん砂がついている。

「空が見えねえな」

乾いた声で、ウィルは言った。

「ケリーがお前と見た、青い空」

光音は息を呑んだ。まさか、自分との思い出まで、ついにウィルへ流れ込んでしまったのか。

「お、お願い……ケリーさんに会わせてください」

咄嗟に言った。

「無理だ」

「会わせて！」

「できねえんだよ！　そんなに上手《うま》くコントロールできるんなら、とっくにあいつを消してる」

ウィルは忌々《いまいま》しげに言い、舌打ちを漏《も》らした。

「どいつもこいつもケリー、ケリーって……うるせえ。人の気も知らないで」

暗い海を見つめるその視線は、どこか悲しそうだ。

光音は一歩、彼のほうへ足を踏み出し、意を決して問いかける。

「なぜ……『ウィリアム・クロフォード』ではないの？」

「ああ？」

「不思議に思っていたんだ。貴方がステージで演奏しているのに、なぜ『ケリー・クロフォード』として活動しているのかって」

「ケリーが決めたからだろ。あいつはそういう奴だ。昔から、俺をヴァイオリンの道具みたいに扱いやがる」

光音は押し黙った。

「なんだ？」

ギロリと睨《にら》まれて、つい怯《ひる》みそうになる。だが拳《こぶし》を握り締め、光音は今日、ミランダの話を聞いてから、ずっと考えていたことを口にした。

「貴方は……作られた人なの？」

ウィルは答えない。

「ケリーさんは、自分が作られたって、言っていた。だから彼は消えてしまうんだと、僕は思ってた。でも……本当は違う？　貴方が――」

「偽物だって言いたいのか？」

物騒な声で言い、ウィルは立ち上がる。ゆっくりと距離を詰められて、光音はあとずさった。

「俺はひとこともケリーが作られたなんて言っていない。だがあいつは偽物だ……ステージで立っているのは、この俺なんだからな」

「でも……」

「でも？　なんだ、俺にどうしろと言いたい？」

光音は言葉を飲み込んだ。怯えた表情を見て、ウィルの放つ空気がますます攻撃的なものとなる。

「病院へ行って、とっとと消されろってか？　そうだろう……はっきり言え！」

胸倉を掴まれ、息が詰まりそうになった。僅《わず》かに血走った目でこちらを見下ろしながら、ウィルは言う。

「勝手言いやがって。ケリーが消えるのはいやで、俺なら消えてもいいってのか？　残酷な奴だな、お前は……。淫乱な上に、残酷な奴だ！」

激しい恫喝《どうかつ》とともに突き放され、光音は尻もちをついた。

「ああ、そうだよ……ケリーが俺を作り出した」

やはり――と、光音は俯《うつむ》いた。

それと同時に、様々な疑問が一気に浮かんだ。では、なぜケリーは自分が作られた側だと言ったのか。そして、なぜ本人であるはずの彼が消えかけているのか……。

「でもな、」

黙り込む光音に、ウィルはさらに言う。

「そんなことはどうでもいいんだよ。どっちが本物かなんて関係ない。俺はケリーを消す。あいつとして生きる。そうなるまでもう少しだった。なのに、アルト……お前、何をしやがった？」

「何を、って……」

「あいつはもう虫の息だった。ローマへ来る前は、ほとんど顔を出さないほどになってた。それが、今朝から突然息を吹き返してやがる。ケリーの記憶が、俺とあいつの間を行き来してやがる……！」

　言ってから、ウィルは頭痛にでも見舞われたように、突然額を抱えた。歯を軋《きし》らせ、小さく唸《うな》ってから、まるで獣のような目で光音を睨みつけてきた。

「お前のせいだろ、アルト……。お前が、あいつに何か吹き込んだんだろう！」

「そんな……僕、わからないよ……」

「しらばっくれるな！」

　そう叫び、ウィルが襲いかかってくる。逃げようと思った時には、大きな手に首を摑まれていた。そのまま砂地へと押さえ込まれて、後頭部がめり込んだ。呼吸の自由が奪われ、頭の先がかっと熱くなる。

「う……っ！」

「本当なら、あいつはもっと早く消えてるはずだった。なのにお前がくだらねえ手紙なんかよこすから、あの野郎、しぶとくここに居座り続けやがって。あいつの演奏なんて、誰も認めちゃいない……あいつの居場所なんて、この世にないんだよ！」

　光音は僅かな呼吸をどうにか繰り返し、うっすらと目を開けた。そこには悪魔のように冷たい表情をしたウィルが、緑の瞳でこちらを見下ろしている。

「なぜ……ケリーさんを、憎むの……？」

　息も絶え絶えに問いかけると、首を絞める手にさらなる力が加わった。もはや呻《うめ》きをあげることもできず、光音はただ苦しみながらウィルの声を聞いた。

「お前もケリーと同類だ。ぬるま湯に浸かったような顔しやがって……！」

「っ……ぅ……」

「お前は灰色の世界しか知らない奴の気持ちを、考えたことがあるか？　薄暗い地下室で、与えられるのは暴力だけ……そんな奴が、初めて光を見た時の気持ちがお前にわかるか？　愛情を受けた人間の笑った顔を見た時、俺がどんな気持ちになったかわかるか!?」

(ウィル……っ?)

頭が割れそうな感覚に陥り、意識が朦朧《もうろう》とし始める。もう駄目かと思った瞬間、ウィルの手が突如離れた。

「ゴホ……ゴホッ! はあ、は……」

いきなり呼吸を取り戻し、光音は激しく咳《せ》き込んだ。何度か荒い呼吸を繰り返した後、横に手をついて、ゆっくりと上体を起こす。

いったい何が起こったのか。見上げた先には、愕《がく》然《ぜん》とした表情で後ろを振り返るウィルの姿があった。

「な……!?」

何か、信じられないものを見たような声だった。よく見ると、彼はまるで、後ろから手首を捻《ひね》り上げられたような姿勢になっている。

ウィルの目は、何かを見ているようだった。彼の視線の先を追い、光音もその場所を見つめる。だが、そこには何もない。さっきと変わらぬ風景が広がっているだけだ。

「ケリー……っ!?」

ウィルが言った。光音は眉を顰める。

それは、心の幻影なのだろうか。他者には見えない、あるものがウィルの目には見えていた。彼が見つめる先には、満身創痍《まんしんそうい》の様相で手首を掴む、自身と同じ姿をした男――そう、ケリーが映っていたのだ。

『思い……出した……』

ウィルにだけ聞こえる声で、ケリーは唸るように言った。

『思い出したぞ、ウィル……!』

「は、離せ! 何を思い出したっていうんだ!?」

そう叫び、ウィルはケリーの手を振り払う。一瞬足をふらつかせたものの、ケリーはなお凄《すご》むのをやめなかった。

『君が、俺の中に入ってきた時のことだよ……。あの時は辛《つら》かったな……金がなくて、腹が減って、君がいなければ死んでいた』

　ウィルが怯えたようにあとずさる。だがケリーは、手負いの獣のような歩き方で、少しずつウィルとの距離を詰めていった。

『君には感謝している……君の音色は、世界の宝だ。そのためなら、俺は死んでも構わないと思っていた。でも君が、俺の大事な人を……アルトを傷つけるのなら、許すことはできない』

　苦しそうに歪んだ緑の瞳に、ぎらりとした光が走る。そこに殺意と呼ぶべきケリーの意志を感じ取り、ウィルは息を呑んだ。

「許さない、だと……？　お前にそんなことを言う権利はねえ……俺が、お前を許しちゃいねえんだ！」

咆哮《ほうこう》をあげ、ウィルがケリーへ殴《なぐ》り掛かる。ケリーは頬を殴りつけられたが、その瞬間、ウィルの服の裾を掴み、もつれ合うようにして砂地へと倒れ込んだ。

　ケリーがウィルを組み敷き、だが下から頬を殴り飛ばして、今度はウィルが上になる。

「ふざけるな！　好き勝手言いやがって！　俺のこと、見ようともしないで！　お前が俺を作ったくせに！」

　拳を振り下ろす彼の姿を、アルトは奇異なものを見るような目で見つめた。

（な、何をしているの……？）

　光音の目に、ケリーの姿は見えない。錯乱したウィルが、一人で暴れているようにしか思えなかった。

　ウィルの右拳は、小石の混じった砂地へと叩きつけられ、どんどん泥まみれになっていく。まるで自らの手を傷つけるような行いだ。

「やめて、ウィル！」

　光音はウィルを止めようとした。だが肩に触れた瞬間、身体ごと思いっきり薙《な》ぎ払われてしまった。

　バランスを崩し、光音は砂地に倒れ込む。その時、ウィルがこう叫んだのを聞いた。

「アルトに触れるな！」

全く違う声色だった。怒りを含んではいるけれど、まっすぐで、秘められた優しさを失わない声。

こちらに向けられた黒い背中を、光音は愕然と見つめる。その内側で、二人の男の精神が戦っているのが、ようやくわかった。

「ケリーさん！」

思わず叫ぶと、彼は突然立ち上がった。何かを振り払うような仕草をして走り出す彼の後を、光音は追いかける。

岩陰が小さく見えるまで走った時、彼は突然足を止め、砂地に埋もれるようにして落ちていた何かを拾った。

それは、割れたガラス瓶だった。下のほうがほとんど欠けてしまったそれは、鋭く尖《とが》ったナイフのように、薄闇の中で光っている。

それを光音のほうへ突き出し、ウィルは唸るように言った。

「なぜ俺の世界は、いつも灰色なんだ……お前ばっかり、なんでもかんでも手に入れやがって！」

彼が何を言っているのかは、よくわからなかった。ただ感じたのは、その言葉が、自分でなくケリーに向かって発せられているということ。

いるのだ。そこに、ケリーが。

そう思った瞬間、光音の目に、こちらを守るように立ちふさがるケリーの背中が見えたような気がした。そしてわかった。ウィルが今、ケリーを殺そうとしていることが。

殺す？　どうやって？

そこに実体がないのに、刃物で刺したところで何にもならない。だが光音は、いやな予感がしてならなかった。

トマスが話してくれた、ケリーと同じ病を患ったアーティストの末路。原因はわからないと言っていたが、その人は自殺で死んだのだと、光音は今、確信に近い形で思った。

そして直感した。ケリーとウィルもまた、同じ結末へ向かい始めていることを。たとえ片方が作られた人格だとしても、どちらも生きている。生きたいのだ。だから戦っている。戦って、自らが生き延びようと必死で足掻《あが》いている。

「ウィル！」

光音は叫んだ。

するとウィルはこちらを睨みつけ、歯を軋らせた。

「お前のせいだ、アルト！　お前さえいなければ……お前にさえ出会わなければ！」

その叫びを聞き、光音は愕然とする。自分の存在は、ケリーを生かした。だが同時に、このウィルという人を消し去ろうとしていたのだ。そうわかった瞬間、あまりの冷たい感覚で、身動きできなくなった。

「俺は消えない！　消えてたまるか！　俺も……俺も、ケリーの景色を見るんだ！」

ウィルがこちらへ突進しようとする。

だが光音が身を庇《かば》うようにしたと同時に、彼は弾かれたように倒れ込んでいた。

のそりと起き上がった彼は、その際手放した瓶を、もう一度摑んだ。そして何かに馬乗りになるようにして、それを大きく振りかざした。

「やめて！」

強い風が吹き、波が大きな音とともに浜辺へと押し寄せる。だがその音は、光音の耳には聞こえなかった。

全ての音が消え、まるで時が止まったような錯覚の中で、それは起こった。

振り下ろされた瓶の先が、ウィルの腹へ……そう、彼らの肉体へと突き刺さっていたのだ。

赤い血を滴《したた》らせた瓶が静かに落ちて、砂場へと突き刺さる。彼らの両腕がだらりと垂れて、穏やかな緑の瞳が、光音に振り向いた。

「アルト……」

その声は、ケリーのものだった。疲れ果てた表情で、彼はそれでも優しく微笑《ほほえ》んでいた。

「ケ……、ケリ――っ！」

　絶望的な声をあげ、光音はケリーへ駆け寄った。同時に、彼の身体は力を失い、だらりとこちらへもたれかかってくる。

「どうして……どうしてこんなこと……っ！」

「怪我《けが》はないか？　アルト……」

　光音は何も言えず、彼の肩を支えて何度も首を横に振った。

「い、いやだ……そんな顔で、笑わないで……！　すぐ、救急車を呼ぶから！」

　だがその時、彼の手が赤い血にまみれているのを見て、光音は言葉を失った。するとケリーが、優しい手つきで髪に指を絡ませてきた。

「全て、思い出したよ……。俺が、どうしてこうなってしまったのか……。つまらない演奏しかできない自分が、誰よりも憎かった。俺はウィルになりたかったんだ……」

　彼の演奏を誰よりも愛していると、ケリーは言った。

　なんということなのだろう。自分の生み出した人格に憧れ、存在を脅かされ、こうして戦って、どうしてこの人はここまでボロボロになっているのか。

「戻ってこれた……だろ？」

「へ……？」

「君に、鳩を渡した……。おまじないだ」

　不思議な顔をしている光音に、ケリーは力の限り笑いかけた。

「なんだ、知らなかったのか……。ヨーロッパには、古くからジンクスがあるだろう。愛する人に自分のものを渡しておけば、必ずその人の元へ戻れるって……」

　光音の顔が、くしゃりと歪んだ。

　ケリーは血まみれの手をその頬に添え、ふわりと目を細めた。

「愛してる――」

その言葉を残して、ケリーは光音の肩に頭を預けた。彼の力が徐々に抜けていくのを感じながら、光音は何度も彼の名を呼び、泣き叫んでいた。

◆◇◆

それからは、色々と大変だった。
人が自分で自分の腹を、それも海で拾った瓶で刺したという状況は誰がどう考えても怪しくて、ケリーが病院へ運ばれた後、一緒にいた光音は警察の事情聴取を受けることとなった。

幸い、出血は多かったものの、ケリーの怪我は軽傷で済んだ。

状況が状況なだけに、彼は真実を語らざるを得なくなり、警察と、そしてミランダにも、自身が長らくウィルとの二重生活で苦しんでいたことを打ち明けた。お陰で光音の疑いは綺麗に晴れたが、一方、兄から病のことを秘密にされ、しかもそれに気づけなかったミランダは大変なショックを受けたようだった。

「七年間も、どうして言ってくれなかったの⁉」

縫合手術を受けた後、病院のベッドで横になるケリーの前で、彼女は泣いていた。

また危険な目に遭わないようにと、彼女の計らいで、ケリーは入院することになった。荷物を用意するため、ケリーの滞在するアパートを訪れたミランダは、その惨状を見てさらにショックを受けたらしい。

「そろそろお前も、見舞いに行ったらどうだ？」

ケリーが入院して三日後。自宅でトマスからそう言われて、光音は視線を落とした。

遅かれ早かれ、ケリーとウィルはああいう悲劇を起こしていたのかもしれない。だが今回のことは、あきらかに自分にも責任がある。トマスのしてくれた話を、もっとよく考えて行動していれば、彼らはあんなことにならなかった……そう考えると、光音はどうしてもケリーに会いにいく気になれないのだった。血を流して微笑むケリーの顔がいまだに忘れられず、また自分のせいでああなってしまったらどうしようと考えてしまう。

「ま……好きな奴が目の前で腹を刺したなんて、確かにたまんねぇよな。でもお前のせいじゃない。ケリーもそう思ってるよ」

「そういう問題じゃないんだ。たぶんあの時、ウィルは僕を刺そうとした。ケリーさんは、それを庇ってああなったんだ。僕は、ウィルの近くに行っちゃいけないんだよ……！」

　彼に殺されそうになったことはおそろしい。だがそれ以上に、自分の存在自体が、彼らを死なせてしまうかもしれないと思うと、もっとおそろしかった。

お前にさえ出会わなければ——あのウィルの言葉が、耳にこびりついて離れない。

「じゃあせめて、ミランダに会いにいこう。彼女も今、結構キツいみたいだしさ。相談すれば、お互いスッキリするかもよ」

　少し考えて、光音は頷いた。

「わかった……」

　その頃、ケリーの入院する病院の個室では、ミランダの声が響いていた。

「無理よ、そんなの！」

　今にも泣きそうな表情で叫んだ妹を、ケリーは悲しそうな表情で見つめる。Tシャツにジャージと、スポーツでもするような服装で、彼は窓辺に立っていた。

「そんな状態で、どうやってステージに上がるっていうの？　リサイタルは中止！　違約金のことなら気にしないで！」

「金のことを言っているんじゃない。こんなギリギリで中止だなんて、大勢の人に迷惑がかかるだろう」

そう言って、ケリーはミランダの肩を叩いた。

「大丈夫だよ、ミラ。俺が病気になった理由は、もうわかった。わかった以上、混乱させられることはないはずだ。だから大丈夫」

しかしミランダは、その手を払いのけ、首を振った。

「私、ずっと兄さんに甘えてきた。病気になっていることも知らずに、ずっと……！　だからもう、無理してほしくないの！」

「ミラ……」

「お医者様が仰《おっしゃ》ってたわ、今の兄さんは、精神的に不安定なはずだって。だから……お願い、無理をしないで。今は、自分のことだけを考えて……！」

ハンカチで涙を押さえ、病室を出ていく妹をケリーは溜息交じりに見送った。

それから窓の外に目をやり、遠くの空を見上げる。

「情けないな……」

小さく呟《つぶや》き、自嘲《じちょう》するように笑った。


意味もなく黙っていたわけじゃない。大切だからこそ、打ち明けることができなかった。それが今になって、かえって彼女を悲しませてしまった。だが、それならどうすることが正解だったのだろう。節《ふし》くれだった指に目を落とし、深くうなだれる。

子どもの頃から、ヴァイオリンの腕は優秀だった。コンクールで何度も優勝したし、十七の時には、ニューヨークの名門音楽院に留学も果たした。

順調だった流れが変わったのは、卒業を控えた年のことだ。ロンドンからかかってきた妹の電話が、全ての始まりだった。

「兄さん、母さんが病気なの。すぐに入院が必要って言われたけど、どうしよう……お金がないの……！」

もともと裕福な家庭ではなかった。十歳の頃、両親が離婚して、以来母が一人で家計を支えていた。だが蓋を開けると、状況は想像以上だった。金がないどころか、自分のことを笑ってニューヨークに送り出してくれた母は、借金を抱えていたのだ。

　なんとかする。妹にはそう言ったが、あてはなかった。音楽の経歴しかない自分が、いきなり高収入な職に就けるはずなどない。自分に大金を得られる方法があるとすれば、それは、大きな国際コンクールで優勝を果たすことだった。

　しかし、いざ乗り出してみても、惜しいところまでいくだけで優勝に漕《こ》ぎつけない。学費が払えず、音楽院はやめた。朝と夜にアルバイトを入れ、残りの時間は全て練習に費やした。睡眠時間はほとんどなくなった。稼いだ僅かな金は、ほとんど仕送りに消える。食べ物を買う金すらなく、空腹で、練習しようにも食べ物のことで頭がいっぱいになった。

　コンクールは年に何度もあるわけじゃない。次のチャンスを手に入れなければ、母の入院どころか一家もろとも路頭に迷う。他の解決策は思いつかず、相談相手もいなかった。全てが八方塞がりだった。自分に力があれば全て解決するのに、情けない、情けない……！　コンクールはもう明日だ、時間がない！

　現実のおそろしさに、限界まで追い詰められたその時だった。

　聞こえたのだ。悪魔の囁き声が。

　——何を迷ってる？　俺の手を取れよ、ケリー。

　振り返っても誰もいない。ふと、鏡を見た。

　——閉じ込められて退屈なんだよ。俺を出せ……ステージに戻らせろ！

　鏡に映った自分が、ニヤリと笑った気がした。

　そこへ手を伸ばした直後のことは覚えていない。気づけばコンクールで優勝を果たし、トロフィーを片手に拍手を受けていた。

　自分の中にもう一人の男がいると気づいたのは、レコード会社との契約が取れた直後のことだ。映像で、ステージで演奏した姿を見せられた時、そこにいるのは自分でないと直感した。

　そしてある時、楽譜の端に書いてみたのだ。『君は誰？』と。すると次の朝、乱雑な字で答えが返ってきた。

『俺の名は、ウィル』

誰にも相談できなかった。言えば、治療を勧められるとわかっていたからだ。

母が患ったのは、筋肉が萎縮《いしゅく》する病。治療方法はなく、時間が経てば経つほど病状は進行し、命を保つための設備が増えてくる。莫大な費用が要され、それを支える収入減を失うわけにいかなかった。

隠し事をしながらプロとしての活動を続ける自分に、母は何度も言った。

貴方、無理してるんじゃない？　——と。

その都度、母を、そして自分を誤魔化した。自分がヴァイオリニストとして成功しているからこそ、母を立派な病院に入れられた、妹を大学にも行かせてやれた。世間のみんなは自分の演奏で幸せになってくれている。みんな幸せじゃないか、これでいいのだ、と。

(俺だけが、そうじゃなかった……)

ケリーは唇を噛み締めた。

同じ身体の中にいるのに、どうしても辿り着けないもう一人の自分。彼の演奏は、自分のものではない。その圧倒的な才能に、次第に飲み込まれていった。

世間ではどんどんウィルの評価が高まる。彼がヴァイオリンを弾けば、みんなが幸せになる。彼が必要だ。母にとって、妹にとって、世界にとって必要な人。そう思ううちに自分の存在価値を見失い、やがて主人格を彼だと錯覚するまで心が蝕《むしば》まれた。

ふと、思う。

なぜヴァイオリンを始めたのだろう、と。

母に聞けば、離婚する前、父がつきっきりで自分を特訓していたという。だが、その時のことが一切思い出せない。

海でウィルと対峙《たいじ》した時、子供の時のものを含め、失っていた記憶を全て取り戻した。だが不思議だ。

父のことを、その顔すら思い出すことができない。

　名前は知っている。自分のファーストネームと同じ、父の名はウィリアム。昔、小さなオーケストラのヴァイオリニストをしていたと聞いた。ウィリアム……ウィル。そうだ、父は、自分のことを『ウィル』と呼んでいなかっただろうか――。

「っ……」

　耳鳴りがした。こめかみを押さえ、何気なく窓の下を見る。ここは五階で、病院の中庭の様子を全て見渡すことができた。

　赤茶色のタイルを敷き詰められた地面。そこに、黄色い花束を抱えた人の姿が見える。

（アルト……！）

　思わず笑顔になった。ここから呼びかけたいが、転落防止のため、窓は開かない仕組みになっている。

　愛しい光音――。窓に手を当て、彼の美しい黒髪を、ケリーは目を細めて見つめた。その横には、カフェで一度会ったトマスという男が付き添っている。

　するとそこへ、ちょうど良いタイミングで、ミランダが出てきた。三人はそこで何やら話をすると、踵《きびす》を返して中庭を出ていってしまった。

「アルト？」

　歩き去る光音の後ろ姿に、ケリーは絶望的な声で呼びかける。

「い、行かないでくれ、アルト……！」

　その声は届かない。

　俺に失望したのか――？　そう思った瞬間、胸が不穏な音を立て始めた。

　あの時。ウィルの手を取ってまで助けようとした母は、結局その五年後に死んだ。助けられなかった。さらに、母とともに守ろうとした妹は、今、自分の秘密を知って失望している。彼女は傷ついた。

　そして……光音。何よりも愛しい、自分の存在を救ってくれた彼の首を、自分は、この手で絞めた。

　ウィルという、自らが生み出した悪魔の手で、彼を殺そうとした。紛れもなく。

「俺は……誰も守れないのか？　愛する人すら、俺は……っ」

　皆が幸せになってほしい。その願いのために耐えて、死にそうにすらなって、結果、この手には何が残っている？

　広げた両手の掌を、ケリーは愕然と見下ろした。こんなにも大きなくせに、この手は何も救うことができない。誰も幸せにできない。ゴツゴツとした指の間から、何もかもが砂となって零れ落ちていく気がした。

　無力だ。こんなにも、自分は。

　光音と出会って、生きたいと願ってしまった。彼の傍で、彼という人を幸せにできればと。それでヴァイオリニストとしての地位を失っても、構わないと思った。何よりも憧れたウィルの音色を遠ざけてでも、自分が生きたいと。それが……。

　窓に手をつき、ケリーは低く呻いた。

　瞬間、地の底から響くような声が聞こえてきた。

――惨めだな、ケリー。

　息を呑み、ケリーは弾かれたように顔を上げた。おそるおそる横を向くと、そこには大きめの洗面台が設置されてある。

　鏡には、青ざめた自分の姿が映っている。するとそれが、突然唇の端を吊《つ》り上げた。

「!?」

　思いきり後ろに下がったのに、鏡の自分は一歩も動かない。それどころか、どんどんこちらへ近づいてくる。

『もうわかっただろ？　お前は俺から逃げられない』

「ウィル……」

　不敵な表情のまま近づいてきたウィルは、鏡の縁に手をかけると、あろうことかこちら側へ這い出してきた。あまりにも信じがたい現象に、ケリーは言葉を失った。

『憐《あわ》れな奴だ。俺に才能を全て持っていかれて、とうとうアルトまで失った。そもそも、あいつは本当にお前を愛していたのか？　あいつが惚れていたのは、この、俺の音じゃないのか？』

　息を呑むケリーに、ウィルはじわじわと距離を詰めてくる。そして突然ケリーの頬を殴り飛ばすと、さらには鳩尾《みぞおち》に蹴《け》りを入れて床に這いつくばらせた。

「うぐ……っ！」

『お前もそう思ってるんだろ？　だから、アルトに俺の存在を打ち明けられなかった。あいつが、俺を選ぶのを恐れていたから』

　身を起こそうとしたケリーの顔面を、ウィルはさらに蹴飛ばしてくる。

『本当のことを言えよ、ケリー。お前は、俺になりたいんだろう？　自分でそう言ったじゃないか。そうすれば、みんなを幸せにできるもんな』

　壁を背に上体を起こしながら、ケリーはウィルを睨み上げた。自分と同じスニーカーを履いたウィルは、静かな足音を鳴らしてこちらへ歩み寄ってくる。

『いいぜ、俺をくれてやっても。だが、お前に耐えられるか？　セックスなんか、比べ物にならない感覚だぞ』

　靴の裏で股間をグリグリと踏まれる。あまりの痛みにケリーは目を見開いたまま叫んだ。

「ぐあああっ！」

『ククッ……いい顔だ！　ほら、もっと感じろよ……見せてやるよ、ケリー。俺の全部、お前にやるよ！』

　目の前が真っ暗になった。苦痛もなくなり、感覚だけが暗闇の中に放り出される。

　タン、タン、タン、タン……。

　メトロノームの音？　それに混ざって、肌を強く叩くような甲高い音が聴こえる。

　誰かいる。白い子供の裸体。そこに覆い被さる大人の男。あれは……。

　——なぜそんな演奏しかできない！　お前は私の息子なのだぞ、ウィル！

　父さん？　じゃあ、あの子どもは。

――ごめんなさい！　ちゃんと、ちゃんと弾くから、もうぶたないで！

吐き気のするような感覚が、胸に押し寄せてきた。それ以上見たくない。見せないでくれと、心が叫んでいる。

――いたいよぉ……いたいよぉ……！

――さあ、今度は鞭《むち》の時間だ。お尻を向けなさい。

やめろ！

そう叫んだ次の瞬間、耳をつんざく子供の叫び声があがり、身体に引き裂かれるような激痛が走った。

「やめろおおおおおお――っ！」

視界が戻っていく。気づけば床にうずくまり、頭を抱えて叫んでいた。呼吸が苦しい。全身が痺れて、肉体の感覚がどんどん失われていく。

『どうだ？　悦《よ》かっただろ？』

ウィルはそっとケリーの顎《あご》をすくいあげ、目玉をべろりと舐めてきた。

なんだったんだ、今のは――？

「う、嘘《うそ》だ……！」

乾いた声で言う。するとウィルが、冷たく鼻を鳴らした。

『やっぱりお前はそうだ。俺のことを、否定はしないが向き合いもしない……。ただ羨《うらや》ましがって、逃げてばっかりだ。そうやって、ずっとぬるま湯に浸かってる！　だからつまらねえ演奏しかできねんだよ！』

その言葉は、まるで自分への呪《のろ》いのように思えた。

「ウィル……っ」

震える唇で、その名を呼ぶ。するとウィルが、再び髪を掴んできた。

『世界を取ろうぜ、ケリー。俺に頼れよ……これからも一生、俺に縋りつけ。そうすればアルトも戻ってくる。あいつのこと、抱きたいだろ？』

「俺は、俺は……っ」

目の前がどんどん暗くなっていく。光を求めるように、ケリーは手を伸ばした。

『そうだ、それでいい。お前は一生、俺の陰に隠れていればいい！』

残酷な叫びとともに、ウィルの腕が思いっきり振り下ろされる。

顔面が床に叩きつけられ、その瞬間、ケリーの意識はプツリと途絶えた。


夕刻。

光音は一人、アトリエにいた。

今日ミランダと会い、カフェでじっくり話をした。気を利かせたトマスが席をはずしてくれたためか、彼女は言いづらいことをたくさん話してくれた。

「——母が病気になった時、兄さんに頼るばかりで、私は何もしようとしなかった。そんな私を、兄さんは一度も責めたことがないの。あの時凄く苦しんでいたはずなのに、それを考えたら、私……申し訳なくて……っ」

涙ながらにそう話すミランダを、光音も責められないと思った。当時まだ高校生だったという彼女にできることなんて、きっと少なかったはずだ。

「ケリーさんは、その時の重圧でＤＩＤになった……ってことですか？」

「兄さんはそう言ってる。でも、理由がわかったからって、治る病気じゃないわ」

頷きながらも、光音は何か腑《ふ》に落ちないものを感じていた。大人になってから、突如現れたウィル。それがいきなり、あんな演奏技術を発揮できるものなのか。

「ウィルって……」

ハンカチで涙を拭い、顔を上げたミランダを見つめて光音は続けた。

「ケリーさんは、なぜファーストネームで名乗らないんですか？」

「ウィリアムというのは、父から受け継いだ名前なの。離婚してから、母がそう呼ぶのをいやがって……。離婚の原因を、私たちはよく知らないけれど、母にとって、父はあまりいい思い出ではなかったみたい」

ミランダはそう言って、濡れた睫毛を伏せた。

さらに光音は、海で、ウィルが言っていたことを思い出す。灰色の世界、薄暗い地下室……。

「ご自宅に、地下室とかありませんでしたか？」

「両親が離婚する前に住んでいた家には、地下室があったと思う。でも、入っちゃ駄目って言われていたから、私は行ったことがないわ。どうして？」

「いえ、別に……」

余計な詮索かもしれない。だが、光音は直感的に思った。ウィルは、もっと前からいたのではないか、と。

目を背けたくなるような現実。その身代わりとして作られたのが、ウィル。

ケリーは、金銭的な問題で苦しんだ。だがミランダの話を聞く限り、ケリーはその時の記憶をはっきり取り戻している。つまり、その苦痛をウィルに背負わせているわけではない。

だとしたら、もっと別のこと……自分で自分の身を守ることを知らないような時期に、何か壮絶なことを味わったのだ。その体験が、ウィルの激しい感情を生み出し、あの常軌を逸した演奏に繋がっているのではないか。

ケリーはかつて、壮絶な何かに苦しんだ。その苦しみがウィルを生み出し、新たな苦しみをまた生んだ。悲しい痛みの連鎖。二人は全く別人のように見えて、本当は、切れないもので繋がっているのだ。ある意味それは、複雑に絡まった絆《きずな》とも言える。絡まりすぎて、互いに苦しみ、もがいている。

（教えて……）

光音は作りかけのヴァイオリンを手に取った。これに使われている木の板には、ウィルの音色をふんだんに染み込ませてあるのだ。

消えたくないと、ウィルは言った。彼は、この世に普通という形で生み落とされた人間ではないのかもしれない。でも、生きている。心がある。

今の状態は、ケリーにとって、ウィルにとっても、きっと辛い。反発し合ったままの二人がともに生きていくことは難しい。だが、治療と称してウィルを消すべきとも思えなかった。ウィルを、ウィルという存在を生み出したケリーの苦しみを、なかったように片づけてしまうのはあまりにも悲しい。

どうすればいいのかはわからない。何が正解なのかも。

ただ今は、知りたい。なぜなら自分は、七年前から何度も何度もこう願ってきた。ケリー・クロフォードの持つ両方の音色を、最大限に引き出すヴァイオリンを作りたい——と。

光音は後ろを振り返った。中央のテーブルには、CDプレーヤーが置かれてある。その中に入っているのは、ケリー・クロフォードの……すなわちウィルのCDだ。スイッチを押すと、彼の《ノクターン》が流れてきた。

ウィルと真実の口へ行った日、彼が橋の上でそれを演奏した時のことを思い出しながら、光音は目を閉じる。あの日、遠くの空を見つめる彼の背中は、なぜか幼かった。

物悲しくも美しい旋律。あまりの完璧さに溜息が出るほどだ。その素晴らしさゆえ、誰も彼の本心を覗いてあげることができない。彼の音色の正体は、才能という名の鎧《よろい》を纏《まと》った、壊れやすいガラス玉のような魂なのかもしれない。

剝がそう……その鎧を。上手いとか凄いとかじゃなくて、彼の心を見るのだ。ケリーが人格を隔ててしまうほど辛かった何か。ウィルの中に、それが眠っている。

前に、おかしな夢を見た。今ならわかる。あれはケリーの記憶だ。病室で横たわっていた金髪の女性は、おそらく彼の母親。あの日、このヴァイオリンを抱き締めて自分は眠っていた。ケリーへの想いが、そういう奇跡をこの身に起こした。

父が褒《ほ》めてくれた、魔法の耳。その力を、今こそ信じる時だ。

聴こう、ウィルの心を。ウィルの音と、彼の音を染み込ませた木、その両方から伝わる心の波長に、光音は耳を澄ました。

知りたい、教えてほしい。ウィルの心を、ケリーの全てを。

そう強く願った時、背中にズキッとした痛みが走った。同時に眩暈《めまい》がし、思わず光音は作業台に寄りかかる。

(何、これ……!)

聴こえてくるのは、単調なメトロノームの音。それに混ざって、肌を叩くような音が聴こえる。それだけじゃない。罵声、恫喝……さらには子どもの泣き声がして、身を切られるような痛みが全身を駆け抜けた。

映像はない。ただ、感じる。

痛い、怖い、助けてほしい。その中でほんのひとかけらだけ、温かな感情を感じる。

――きみだけが、トモダチだよ。

しっとりとした木の感触。美しい音色。

これは……ヴァイオリンだ。

頭の中を閃光《せんこう》が駆け抜け、光音は目を開けた。

しばらくの間、呼吸すら忘れてしまうほどだった。

何か見えたわけじゃない。でも、わかった。ウィルがどんな時間を過ごしていたのか、そして、ケリーが何から目をそらしたかったのか。

「これは……こんな思いをして、貴方は……」

いても立ってもいられなかった。壁の時計を見ると、病院の面会終了まで、あと少し時間がある。光音はすぐさま店を出て、自宅へ戻って自転車に跨《また》った。

会いにいこう。今すぐ、ケリーに。いや――ウィルに、彼らに。

また彼らを傷つけるかもしれない。そう考えると、正直怖い。自分の存在がウィルの存在を脅かす。それがわかった時の、身が凍るような感覚は今でも覚えている。

でも。会いたい。

本当はずっと会いたかった。ケリーが恋しかった。吹きつける風の中、全力で自転車のペダルを漕ぎながら、光音は涙を流す。

ウィルの音が伝えてくれた、悲しい記憶。その中で、小さな子どもが助けを求めていた。あれはウィルの叫び、そして、ケリーの叫び。それはきっと、今も続いている。

夕陽がまるで、唸るように空を染め上げていた。すれ違う人々の表情は、柔らかな光に照らされ、どれも穏やかだ。

彼らは知らない。この世界に素晴らしい音色を届ける二人の男が、栄光の陰でずっと孤独な戦いを続けてきたことを。誰も知らない。だから、自分が支える。抱き締める。

角を曲がり、広い通りに出た。すると、風が冷たくなったような気がした。しばらく走って、ケリーのアパートの近くを通りかかる。建物の陰がちらりと見えた瞬間、光音は思わず急ブレーキをかけていた。

「ウィル……?」

まるで自分を呼ぶかのように、その音は聴こえてきた。

間違いようのない、ウィルのヴァイオリン。切なさに満ちた、トマス・アルビノーニの『Adagio』。その悲哀の音は、今、助けを求める子どもの泣き声に聞こえた。

アパートの中へ入り、光音は階段の先を見上げた。本当なら、今病院にいるはずの彼が、なぜかこの上にいる。異常な事態を察し、光音はゆっくりと階段を上った。

「待ってて。今……助けるから」

自分に言い聞かせるように言う。ウィルの音が、どんどん近づく。

扉の前に立つと、やはりそこから音は聴こえていた。三度ほど、ドアをノックしたが、応答する気配はない。思い切ってドアノブを回してみると、鍵はかかっていなかった。

ミランダが整理したのだろう。以前よりかなり片づけられたリビングには、いつものように黒い服を着て、ヴァイオリンを奏でるウィルの姿があった。

目を閉じて、ウィルは己《おのれ》を癒《いや》すかのように、ヴァイオリンを弾いていた。ステージでも、いつもこんな風だった。なぜなら彼にとって、ヴァイオリンだけが友達だったから。でも本当は、多くの人に自分の心を知ってもらいたかったのだろう。そのためにステージに立ち続け、彼は魂の叫びを聴かせていたのだ。それを思うと、涙が出そうになった。

深く息を吸い、光音は呼びかける。

「ウィル」

すると、ウィルは演奏を止め、ゆっくりと光音に振り返った。しばらく無表情でこちらを見ていた彼は、テーブルの上にヴァイオリンを置くと、静かに近づいてきた。

「何をしにきた……？」

心を凍《い》てつかせるような声だった。だが光音は怯まず、まっすぐに彼の瞳を見つめた。

「貴方を、抱き締めにきました」

ウィルの眉が、ピクリと動く。

「それだけじゃない。貴方に謝りにきた。ごめんなさい……ウィル。僕は、貴方のことを何も知らないで……っ」

そう言って彼の方へ手を伸ばすと、胸倉を掴まれ、目の前で叫ばれた。

「黙れ！」

彼の表情に浮かんでいたのは、怒りではなかった。あらゆる感情がごちゃ混ぜになった、苦しみという色がそこにはあった。

「お前に、何がわかる……!?　俺が何に苦しんでいるかなんて、誰にもわからない！」

「じゃあ、教えて。貴方を助けさせて……！」

「うるさい！」

強い力で、床に突き飛ばされる。すると、すぐさまウィルが馬乗りになってきて、光音はシャツの前を乱暴に引き裂かれた。

「今日は逃がさねえぞ。たっぷりお前に胤《たね》づけして、汚れた姿をケリーに見せてやる。あいつの一番大事なモンを、俺が奪ってやるんだ……！」

獰猛《どうもう》な光の奥に、深い悲しみの闇を秘めたウィルの瞳を、光音は見つめた。

「構いません」

肌に触れようとしたウィルの手が、その寸前でピタリと止まる。

「僕はもう、貴方を拒まない。言ったでしょう、貴方を抱き締めにきたって。だって貴方は……」

一呼吸置いて、光音は言った。

「ケリーさんだから」

ウィルの目が、はっきりと動揺で揺らいだ。

「貴方が彼を拒絶しているのはわかる。でも……思い出して。貴方がどうして生まれたのか。何が貴方を呼び覚ましたのか」

「やめろ……」

「目の前の現実が辛すぎて、貴方たちは、互いに目をそらしてしまっただけ……。目をそらし続けているうちに、向き合う方法を失った。本当は、自分自身なのに」

「やめろって言ってるんだ！」

ウィルは拳を振り上げた。だが光音は、それでも彼から目をそらさなかった。

「いいですよ、殴っても。僕、受け止めますから」

もう、心は決まっている。

彼らの音色をどちらも輝かせることを、自分は願った。

音は奏者の魂だ。なら自分は、どちらの魂も受け止めねばならない。命を懸けて、ケリーという人を、彼の作り出した闇ごと受け止めなければならない。

「貴方たちがどんな痛みを経験したのか、ぶつけたいのなら、遠慮なく僕にぶつけてください。僕は受け止める……受け止めてみせる！」

　まるで太陽のように、神々《こうごう》しく輝いていたケリー・クロフォード。その姿があまりにも眩しくて、彼の背後に隠れた闇になど、気づきもしなかった。でもそれこそが、自分の知りたかったものなのだ。傷だらけの彼らの姿から、もう絶対に目をそらしたくはない。

　かすかに唇を震わせる光音を、ウィルはしばらく目を見開いて見下ろしていた。だがその表情が、またしても激しく歪み始める。

「ふざけたことを……言うんじゃねえ！」

　彼は今度こそ拳を振り下ろそうとした。

　咄嗟に目を瞑った光音だったが、しばらく待っても衝撃が訪れないことに気づき、ゆっくりと目を開ける。

　するとウィルが、握った拳を振りかざしたまま、震えている姿が見えた。額には汗が浮かび、目は血走り、まるで何キロも走ってきたかのように肩で荒い呼吸をしていた。

「アルト……っ！」

「ケリーさん？」

「……っ、うおおおおっ！」

　咆哮をあげ、ウィルは後ろに腕を薙ぎ払った。まるでそこに見えない誰かがいて、その影を振り払うかのように。そして立ち上がると、取り乱したように叫び始めた。

「ケリー……ケリー、ケリー！　なんであいつばっかり！　俺だって生きてるのに……俺だって人間なのに！」

　汗で濡れた髪を掻き毟《むし》るその姿は、痛みの中で生きてきた者の慟哭《どうこく》だった。

「俺はこの世界で生きるんだ！　もう暗い部屋の中

には戻りたくない！　ケリーが手に入れたものを、俺も手に入れるんだ！　俺を拒むな！　俺を拒絶するな！　俺を見ろ、見ろおっ！」

　薄暗い部屋と、暴力……荒《すさ》んだ世界の中で、唯一ヴァイオリンという友達を見出《みいだ》した彼の気持ちを思うと、心が張り裂けそうになった。

　そして思った。この人は、愛を知らない人なのだと。だから人を傷つける。自分も傷つけて生きている。

　光音は泣いた。そして、かつての自分の心を、強く恥じた。

　ケリーが本物だと、作られたほうではないとわかった時のことだ。あの時、自分は考えてしまった。

「だったら治療すればいい。ウィルを、いなくしてしまえばいい」――と。

　なぜなら病気なんだから、本当はいない人なんだから。

　……なんて、なんて残酷なことを考えたのだろう。こんな辛いものを背負って生きてきた人を、自分は。

　ウィルは、苦しんでいる。今も、昔も、苦しまないことを知らない。

　そうわかった途端、強い感情が押し寄せてきた。

　愛しい――。この人が、こんなにも悲しい生き方をした人を、愛しいと思わずにいられるだろうか。

　手を差し伸べさせてほしかった。恋とは違う、また別の意味で、目の前の人が愛しかった。

　彼の姿は、その大きな身体は、まるで子供のように見える。愛しい、抱き締めたい。愛とは、こんなにも苦しくて、だけどこんなにも恐怖を拭い去ってくれる。もう、何も恐れはしない。自分は全てを受け入れる。受け入れたいのだ。

「愛してる！」

　光音は身を起こし、彼のシャツの裾を摑んでそう叫んだ。

　ウィルにではなく、ケリーにでもなく、彼らの奥深くに潜む消えようのない傷痕《あと》に向かって光音は叫んだ。何度も、何度も。

「愛してる！　貴方を……貴方を愛してる！」

ウィルは振り返り、光音の髪を摑んだ。それでも必死で腰に縋りつく光音を、彼は必死で引き剝がそうとする。

「嘘をつけ！　俺を拒んだくせに！　お前が俺を拒んだんだ！　お前が……ケリーが、俺を拒んだ！　なぜ俺は生まれてきたんだ!?　俺は、俺は……っ――」

「目を覚まして！　僕が愛するから！　貴方を愛するから！　たとえ何があっても、貴方の何を知っても、僕は貴方を愛します！　愛し続けます！　だからどうか……もう、苦しまないでください……っ！」

声がほとんど嗄《か》れかけていた。それでも光音は、力強い口調で言った。

ウィルの動きが止まり、手が力なく横に垂れる。がくりと膝を折った彼の身体を、光音は慌てて抱き止めた。

緊張しながら、乱れた前髪の奥の瞳を覗き見る。ひどく憔悴《しょうすい》しきっていたが、それは、紛れもなく光音に恋をさせてくれた男の瞳だった。

「ケリー……？」

掠《かす》れた声で呼びかけると、彼は一度こちらを見てから、静かに俯いた。

「守りたかったんだ、家族を……」

光音は頷き、黙って彼の言葉に耳を傾けた。

「ただ、それだけだった……ウィルの音色は、みんなを幸せにできるから」

ケリーは言った。

「彼の手を取ったことを後悔していない。彼のお陰で、母さんを病院に入れてあげられた。最善の治療を尽くして、温かいベッドで見送ってあげられた。後悔していないんだ……感謝している……なのに、なぜ俺は、こんなにも苦しい？」

震える彼の背を、光音は強く抱き締める。

「貴方の背中が、好き……。貴方はここに、数えきれないほどの想いを抱えていたんだね」

　ケリーの息を呑む音が聞こえた。

　光音は静かに、彼の次の言葉を待った。

「君が、好きだ……。俺は今、君を守りたい」

「うん……」

「なのに俺は、君を傷つけてばかりいる。結局そうだ……俺には、誰を守る力もない。自分を守る力すらない。だけど、それでも何度だって願ってしまうんだ。君の元へ戻りたいって……！」

　苦しそうなケリーの背を、光音は癒すようにそっと撫でた。そこに背負われたものを全て、包み込むような仕草で。

「守ってくれた……」

　光音は言った。

「貴方は僕を守ろうとしてくれた。そうでしょう？」

「アルト……」

「もう、一人で抱え込まないで。貴方を愛してる。だからその苦しみを、僕にもください……痛みも、悲しみも、全部一緒に背負わせて。僕を、貴方の一部にしてください」

　ケリーの腕が、戸惑いながらも、ゆっくりと背中に回される。次の瞬間、強く抱き締められて、切ない吐息を光音は漏らした。

　目を、熱い涙が浸していく。

　肌を通して伝わる体温が、心臓の鼓動が、光音の中に溢れんばかりの感情を生んだ。名前をつけることのできないと思っていた、ケリーへの気持ち。でも、答えはあった。

　この感情こそが、愛なのだ。

「こんな俺でも、愛してくれるのか……？」

「そんな貴方だから……僕が愛したのは、そうなってしまった貴方だから……っ」

　歪んだのは、ケリーのせいじゃない。彼はただ生きようとしたのだ。切実に、あらゆる苦しみに打ちのめされながら、己の闇とともに生きてきた。そんな姿を、なぜ拒むことができるだろう。

乱れた髪に指が絡められ、光音は目を閉じる。唇を優しい弾力が押し包み、奥深くまで口づけられた。舌が入ってくる。おずおずとだが、光音も自ら舌を出し、唾液を絡ませて愛し合った。痛いほどの幸福が胸を浸し、溢れ返っていく。

ケリーの抱えた問題は、これからどうなるかわからない。もっと辛いことが待ち構えているかもしれない。でも、この幸せさえあればいい。ケリーが好きだ。彼の心の裏に隠れた深淵まで、全て包み込むように愛したい。彼が欲しい。

唇が離れると、背と膝の裏に腕を回され、横抱きにされた。光音はケリーの首に手を回し、さらにキスをねだる。

何度も角度を変え、甘い水音を立てて唇を吸いながら、ケリーの足は寝室へと向かった。柔らかなスプリングのベッドに優しく横たえられて、光音は泣き濡れた瞳で彼を見上げた。

「好き……」

手を伸ばすと、ケリーはその掌にキスをし、頬ずりしてくれた。

「君の手は、温かいな。全てを許してくれるようだ……」

静かに手を降ろされ、優しい口づけをされる。再び身を起こすと、ケリーは、黒いシャツを脱ぎ捨てた。

がっしりとした肩と、太い二の腕。分厚い胸板の下には、見事な腹筋が浮き上がっていた。その右下には痛々しい傷を隠すように、白いガーゼが貼られている。

「痛くないですか……？」

「平気だ」

そう言った表情は真剣だった。肌を震わせるような雄の色香に、光音は骨まで溶けそうな思いになる。

「今日は、俺のヴァイオリンになってくれるか？」

頷くと、まず破れたシャツを脱がされた。

それからジーンズのボタンをはずされ、下着ごと全て脱がされる。あっという間に全裸にさせられ、光音の肌に赤みが差す。白く無防備な胸板にケリーの手が近づき、ゆっくりとそこを撫で始める。

　長い中指の先が、両方の乳頭に軽く触れた。それだけで電流が流れたように肌が痺れ、ビクンと背中をそらしてしまう。

　ずっと恋をしてきたケリーの指。弦を押さえるから、左の指の皮が少し硬く感じる。憧れの指、神様の指だ。それにいやらしいところを触られているというだけで、背徳感にも似た快楽が突起に集中していく。指の腹で押し潰し、弾き、また摘んでは軽く引っ張って、ケリーは執拗《しつよう》なまでの愛撫《あいぶ》を乳首に繰り返した。

「ひぁ……あ、あっ……」

　恥ずかしいと思うのに、はしたない声が勝手に口から漏れ出していく。光音は手でシーツを摑みながら、なすがままケリーに乳首を弄《いじ》られた。

　爪の先で素早く引っ掻かれると、逃げ場のない愉悦が突起の先で弾けた。ピチカートをする官能的な指の動きを思い出す。まるで自分が楽器となって演奏されているような気がした。

「あっ……ケリーさ……あっ、あぁっ」

　薄い繁みの中で、薄紅の恥芯が少しずつ勃起《ぼっき》する。先端に蜜《みつ》の玉を浮かべ、懸命に快楽を訴えるその姿は、可憐《かれん》ながらも非常に淫蕩だった。

「はっ……あっ、あ、んぅ……っ」

　気持ちいい。果肉のように盛り上がった乳輪ごと、親指と中指で摘まれ、さらに人差し指で乳頭をカリカリと刺激される。甘い電流のような悦楽に見舞われ、光音は目を見開いて悶《もだ》え狂う。

「あっ！　あ……あんっ、あっ……！　や、やあ……も……あっ、あぁっ」

　股間のものが震え、だらだらと愛液を垂らした。激しく腰を浮かせた次の瞬間、白い法悦が胸まで思いっきり迸《ほとばし》る。

「あう……ん、あ、ああっ！」

乳首だけでイッてしまった。激しい射悦の余韻に陶然《とうぜん》としながら、光音はヒクヒクと腰を震わせる。するとケリーが、キスを与えてきた。舌を吸われると、脳が痺れるような感覚に襲われる。

ケリーの唇が、やがて首、そして胸へと移動していく。腫《は》れあがった乳首を吸われると、濡れた感触に思わず腰が浮いた。

「ふぁ……！」

さっきイかされたばかりだというのに、彼の舌は、胸の蕾《つぼみ》を容赦なく嬲《なぶ》り始めた。ピチャピチャと音を立てながら上下に揺らされると、どんどんそこが濡らされていやらしくなっていく気がする。軽く歯を立てられると、またしても痺れた快楽に見舞われ、萎《な》えた花芯がひくりと疼《うず》き始める。さらにもう片方を指で愛撫され、気が遠くなるほどに感じさせられた。

「あ、あ、ああ……あっ、ああっ……」

視界の端で、ケリーの鮮やかな金髪と、逞《たくま》しい肩がかすかに動いている。愛しくてたまらない気持ちが、快感を纏ってさらに肌を敏感にさせてくる。

潤んだ目で見下ろすと、ケリーが顔を上げ、真剣な眼差《まなざ》しを返してきた。うっとりと頬を染める光音にまた接吻を与え、ケリーの手が胸から腹、さらに下へと降りていく。見惚《みと》れるほどに長く美しい指が、薄い陰毛を濡らす股間の果実を包み、上下に扱き始めた。

「ひぁ……！　あ、や……」

思わず顔をそらすと、顎を摑まれてまた唇を啄まれた。

根元から先端にかけて扱かれるたび、耳を塞ぎたくなるほど恥ずかしい水音が鳴る。自分の愛液が、滴るほどケリーの指を汚していることが信じがたく、とてもいけないことをされている気持ちになってくる。

「ふ、あぁ……駄目……そんな……」

強く締めつけられると、小さな鈴口から蜜の玉がクプ、と顔を出す。長い人差し指の先でそこを軽く叩かれると、鋭い刺激がそこに集中し、ますます粘液が溢れ出した。

「はっ、あ、ああっ……！　あっ、あっ」

浮き上がった腰を抱かれ、そり返った胸の突起をまたしても口に含まれる。身体が沸騰したように熱くなり、触れられる全てのところから重苦しい奔流が爪先まで駆け巡った。

頭がついていかないけれど、とてつもなく気持ちいい。だけど自分ばかり快感を与えられて、物足りない気持ちになってくる。

「ぼ、僕も………」

「どうした？」

「僕も、ケリーさんを、愛したいです……」

ケリーが驚いたように顔を上げる。光音は目を潤ませながら、上目遣いで彼を見た。

「駄目ですか……？」

「そんなわけない。おいで」

腕を引き、身体を起こされる。ケリーはズボンのベルトをはずすと、潔く前を広げた。

そこから弾けるように飛び出したものを見て、光音は目を丸くする。ケリーの雄は、信じれないほどの太さと長さを持っていた。それだけでなく、亀頭のくびれがくっきりと浮き出ていて、太い幹には血管を張り巡らせており、欲情にまみれてかすかに震えてすらいる。

胸が爆ぜそうになるのを懸命に堪えて、光音はケリーの股間に顔を埋《うず》めた。すでに蜜を垂らしている男根を大切そうに掌で持ち上げ、ピンク色の舌をゆっくりと近づける。

「ん……」

舌の表面を先端に当て、ぎこちなく動かしてそこを舐める。そしてチュッと口づけると、飴玉《あめだま》をしゃぶるように亀頭を唇の中へ収めていった。

金色の繁みに唇が当たる距離まで咥《くわ》え込むと、喉《のど》に穂先がぶつかった。むせそうになるのを堪えながら、歯を当てないように唇をスライドさせる。巨大なケリーのペニスは、頬張るだけでも苦しかったが、それでも彼を気持ちよくさせようと、光音は慎重に唇を動かした。愛を伝えるために。

「アルト……」

甘ったるい声で囁き、ケリーが前髪をかき上げてくる。彼が悦《よろこ》んでいるのが嬉しくて、光音は頑張って奉仕を続ける。

男根はますます硬く怒張していった。先端のほうまで口を動かすと、張り出した雁首に唇が引っかかった。その露骨さにケリーの欲情を感じ、言いようのない衝動が身体の奥で湧き起こってくる。思わず口を離し、軽く喘《あえ》ぐと、重苦しい息をつきながら再びケリーに押し倒された。

「夢みたいだ……。君が、こんなことをしてくれるなんて」

言いながら、ケリーは光音の両膝の裏に手を回し、ゆっくりと押し上げてきた。

顔に膝がぶつかりそうなほど身体を折り曲げられた時、光音は自分がとんでもない格好をさせられていることに気づいた。ペニスはもちろん、陰嚢の裏も、蟻《あり》の門渡《とわた》りも、そして秘密の窄《すぼ》まりまで、恥ずかしいところが全てケリーの目の前に曝《さら》け出される。

「可愛いよ」

ケリーはかすかに目元を赤らめると、いかにも愛おしげに目を細めて、桜色をした無垢《むく》な蕾にかぷりと口づけてきた。

「ひあぁっ!?」

驚きのあまり、変な声が出た。だがケリーは、唇で啄むようにそこを何度も吸い、さらに尖らせた舌で窄まりをこじ開けようとしてくる。

「あ、う……ああ……ぁ……」

両手の親指で左右に穴を開かれ、その僅かな隙間《すきま》に舌が差し込まれた。思いのほか硬い舌は、ぬめった感覚を伴って、まだ男を知らない蜜園を思う存分味わってくる。

舌で甲高い音を立てられるたび、羞恥《しゅうち》と背徳感で心臓がバクバクした。背筋を這い上がるような快感に見舞われて、光音の花芯はまたしても首をもたげ始めていた。

最後に襞《ひだ》をペロリと舐め上げ、ケリーがようやくそこから顔を離す。しかし、次の瞬間ツキンとした痛みに襲われ、光音は強く腰を跳ねさせていた。

「あ……！」

同じ姿勢のまま、今度はケリーの中指が、襞をこじ開けて侵入を始める。奥まで進むと、中を慣らすようにほんの少し曲げて、今度はゆっくり引き抜かれる。

指と粘膜が擦れたところから、火傷《やけど》したかのような熱が襲ってくる。だが、光音が腰を痙攣《けいれん》させているにもかかわらず、入口まで引き抜くと、今度は人差し指が折り重なるようにして挿入された。

「ひ……っ！」

くちゅ、くちゅ……と、粘膜が濡れた音を立て始める。長い指は中を掻き混ぜるように動き、軽いピストンを与えて、入口を広げるようにぐっと開かれる。そうして生まれた空間に、またしても舌が滑り込んできた。

引き伸ばされた縁をぐるりと舐められ、今度は舌がピストンを開始する。ケリーの熱い吐息が陰嚢にぶつかり、股間に熱いものが漲《みなぎ》ってくる。

「はっ……は、あっ……あっ、ん……」

快感が強烈すぎて、意識が混濁していく。いつの間にかだらりと両腕を投げ出し、光音が息も絶え絶えに喘いでいると、ようやくケリーがそこから顔を離した。

「ごめん、夢中になっていた」

そう言うケリーの息も荒い。

「君と繋がれるんだと思うと、嬉《うれ》しくて……」

衣擦《きぬず》れの音がする。両脚を思いっきり広げられ、後孔に熱い張りが押し当てられた。

「やっとだ……やっと、君を手に入れられる」

ケリーの腰に力が籠もる。彼の愛撫で赤くふやけた花弁がこじ開けられ、力強いものがめりめりと音を立てて入ってきた。

「ああっ……あ、あっ、あああっ……っ！」

頭の下に敷かれたクッションの端を摑み、光音は壮絶な圧迫感に耐えた。灼熱《しゃくねつ》の楔《くさび》は、狭い粘膜を掻き分けるようにしながら奥へと進み、狭い肉筒をますます内側から押し開いていく。

「あぁ……っ、は……はあっ……！」

涙で滲《にじ》んだ視界で、かろうじてケリーの顔を見つめる。眉を寄せ、唇を嚙み締めたケリーは荒い呼吸をしながら、それでも目に優しさを浮かべて光音に問いかけてくる。

「辛いか？」

少し身じろぎされただけで、ゾクゾクと言いようのない感覚が腰を這い回り、肌が粟立《あわだ》った。これ以上中に進まれたら、身体が壊れてしまうような気がする。だが光音は、震える唇で小さな笑みを作り、言った。

「全部……貴方の全てを……ください、僕に……っ」

「……わかった」

細い腰を摑み、ケリーが小さく息を詰める。さらに太い幹の部分が入ってきて、肉輪が限界を訴えるようにきゅうっと窄まる。

「愛してるよ」

艶っぽい息をつきながら、ケリーはぐんと腰を打ちつけた。

「あっ、あ……あ、ああ……っ！」

亀頭の先が腹の奥深くに触れ、そこから電流にも似た衝動が全身を浸していく。光音はガチガチと歯を鳴らしながらも、腰の部分を摑まれて、悪寒のような感覚から逃れることができない。

ケリーが粘膜を馴染《なじ》ませるように腰を動かす。その僅かな摩擦だけで、彼を受け入れた部分が激しく痙攣した。

「よし……動くよ。俺の手を握って」

クッションを摑む指を解《ほど》くようにして、ケリーが両手の指と指を絡ませてくる。

ケリーの手……自分の愛する音色を奏でる、大切な手。

その温《ぬく》もりと優しさにうっとりと目を閉じた瞬間、深くまで埋められた肉棒がゆっくりと引き抜かれる。気が遠くなるような悪寒に目を見開いた途端、今度は一気に根元まで穿《うが》たれた。

「ひ、う……っ！」

「アルト」

甘い声で名を呼び、ケリーはその動きを何度も繰り返す。互いに絡ませた指に力が籠もり、身体が繋がったのだと実感する。

「あ……あっ……ケリー、ケリー……っ」

律動がだんだん激しさを帯びていく。初めての性交はなかなか快楽を生んではくれず、媚肉《びにく》を擦られるたびに強烈な熱と痛みが後孔に充満した。

「ひぃ……っあ……ん、ゃ……ぁ……」

ケリーを受け入れている部分が苦しげに彼を食い締め、雁首に襞が引っかかるたび戦慄《わなな》いた。

無意識に軽く舌を出して喘ぐと、開いたままの唇と一緒に強く吸われた。そのまま奥深く口づけられて、上も下も濡れた粘膜が溶けるように絡み合っていく。

手を放すと、光音はケリーの背に腕を回した。肌に触れる指に力が入りそうになったが、大切な彼の身体を傷つけまいと、爪を立てないように必死で我慢しながら熱い感触を確かめる。

「あっ、あっ、あ、ケリー……っ、あぁ……」

ケリーも光音を抱き締め、狂おしい呼吸をしながらグラインドを深めてくる。

彼の息の音、ぶつかり合う肌の音、耳を通じてケリーの気持ちが肉体に流れ込み、もっともっと彼のことが愛しくなる。

背を抱かれ、腰が浮くほど強く貫かれた。その時、最奥の一点にそれまで感じたことのない愉悦の奔流が生まれ、怒濤《どとう》のごとく溢れ出した。

「ああっ、あっ、い……っ！」

襞という襞が硬く猛《たけ》った肉楔に絡みつき、その形を生々しいまでに感じ取る。卑猥《ひわい》な感覚に耐えながら、一段と強くケリーを抱き締め、光音はガクンガクンと腰を揺らした。

「っ——……アルト……！」

ほんの少し上体を起こしたケリーが、顔をしかめ、歯を食いしばるのが見えた。汗で濡れた金の前髪があまりにも艶っぽくて、彼の顔を見た途端、ドキッとさせられる。その感情に伴い、光音の媚肉はますますケリーへと強く吸いついた。

「好き……ああ……好き……っ」

言葉にすると、その感情がますます沸騰したように湧き出してくる。

彼を受け入れることで味わった痛みは、彼の持つ傷の痛み。

激しい腰使いから、彼の全てが伝わってくるようだ。

ウィルのような激情を持てないと言っていた。でも、そんなのは嘘。だって、こんなにも情熱的に僕を抱くじゃないか。静かな表情の奥で、ケリーがいかに気持ちを押し殺していたかがわかった。人に優しい分、彼は自身を抑えつける。本当は誰よりも愛を求めているのに、ずっとその気持ちに耐えていた彼の孤独を思うと、切なくて、愛しくて、止まらなくなった。

心も身体もひとつになって、どろどろに溶けるほどこの人を知りたい。この人の心にあるものを、もっともっと知りたい、受け入れたい。

「っ……！」

重苦しい息とともに、ケリーの雄がより一層太く膨らむ。血管の浮き出た幹に肉輪を最大限に押し広げられ、光音の襞にも激しい法悦が走る。

「あっ、あっ……！」

芯を持ち、上下に揺さぶられる花芯の先がケリー

の硬い腹筋で擦れて、色の薄い樹液がとぷっと溢れる。同時に結合がきゅうっと窄まり、ケリーの射精を促した。

「あああぁぁぁ――……っ」

「ん……っ！」

低く呻き、ケリーが強く腰を打ちつける。灼熱の奔流が中に放たれ、繊細な襞の隙間という隙間に余すところなく絡みついていく。溶けそうな快楽に身を委ね、光音は細かに痙攣しながらぐったりとした喘ぎを漏らした。

「は……ぁ……ぁん……」

荒いままの呼吸を抑えずに、ケリーが唇を近づけてくる。光音の唇全体を覆うように口づけ、何度も強く吸うと、ゆっくりと顔が離れた。

涙で濡れそぼった目を開け、光音はケリーを見つめようとする。しかし、なぜか彼は手で光音の目を覆ってきた。

「ケリーさん……？」

「頼む、見ないでくれ」

その声は、泣き笑いのような響きを帯びていた。

「ずっと、出口のない闇を彷徨ってきたような気がする。このまま暗闇の中、一生膝を抱えて暮らすのだと思っていた。なのに、こんな……。幸せで、どうにかなってしまいそうだ」

背中を抱く腕に優しく力を込め、ケリーは光音の耳元に顔を埋める。そんな彼の、汗ばんだ背中を労《いたわ》るように撫で、光音は言った。

「僕、思ってもいいですか……？　僕は、貴方を愛するために生まれてきたんだって……」

「アルト……」

ゆっくりと身を起こしたケリーが手をどけ、赤くなった目で見下ろしてくる。

「愛しています……貴方を」

光音が微笑むと、彼も切ない笑みを浮かべた。

心とともに、唇が重なる。殺伐とした部屋の中、二人の周りだけ光が溢れ返っているようだった。光音はいつまでもケリーを抱き締め、彼の全てを身体に染み込ませた。

翌日の朝は、とても綺麗に晴れていた。カーテンの隙間から差し込む日差しが虹色の光彩を放ち、新しいことの始まりを知らせてくれるように美しく輝いている。

目を覚ますと、温かくて力強いものに包まれている感触がした。軽く目を擦り、じっと目を凝《こ》らすと、それがケリーの胸板で、彼が肩を抱いてくれているのがわかった。

ゆっくりと視線を上げる。するとそこには、ふわりと微笑むケリーの眩しい表情があった。

「おはよう、アルト」

その言葉は、何よりも美しい魔法のように思えた。それだけで、泣いてしまった。

しばしベッドで抱き合った後、光音が一度家に帰ると告げると、彼は着替えのシャツを貸してくれた。

浴室から聞こえるシャワーの音を聞きながら、光音はシャツのボタンを閉めていく。リネンのシャツ……初めて会った時、彼が着ていたものだ。当然サイズはブカブカで、袖《そで》の部分を折らねば着られない。

やがて浴室のドアが開く音が聞こえ、ジーンズを穿《は》いただけのケリーが寝室に入ってきた。

「アルト、帰らないで」

抱き締められた瞬間、甘い水が舌を浸すようなときめきに見舞われる。振り向くと、さらに甘やかな感触に唇を包まれ、舌で舌をすくわれた。軽く音を立てて顔を離すと、

「ごめん、冗談だ。お店のこととか、あるもんね」

そう言って、ポンと肩を叩かれた。その冷静な微笑みを見ると、愛しさとともに切ない感情が胸に満ちていく。

「もう少しわがままを言って下さい。せめて、僕に

くらい」

光音はケリーに向き直り、彼の右手を両手で握った。

「貴方が消えてしまうんだと思った時、それを防げるなら、なんだって耐えられると思ったんです。ちょっとぐらいわがまま言われたって、僕は困らないですよ」

「参ったな。そんな風に言われると、いつまでも君を引き止めてしまいそうだ」

「じゃあ、そうしますか？」

「いや……。俺にも、やることがあるから」

名残《なごり》惜《お》しそうに微笑んでから、ケリーはふと真剣な表情になる。そして、光音の手にもう片方の手を重ねてきた。

「決めたんだ。今度のリサイタルは、俺が出る」

それを聞き、光音は目を見開いた。

「昨日、君がウィルに言ってくれた言葉、俺にも全部届いたよ。彼は俺、それは事実だと思う。だからもう、逃げてはいけないんだ。俺はもう、二度と彼の背に隠れてはいけない」

「でも、ミランダさんが……」

「昨夜電話したよ。これから説得にいく」

「怪我は？」

「大丈夫。昨夜だって、あんなに激しく動いただろ」

言われて、さっと頬が赤くなる。小さく笑い、ケリーは光音の髪を撫でた。

「どれだけ腕を磨いても、ウィルと同じ演奏は、俺にはできないのかもしれない。だけど、それでもいい。俺を好きだと言ってくれる人が、ここにいるから」

光音は、目を細めて頷いた。

たとえ世界が拒んだとしても、自分はケリーの味方でいたい。本当にそう思っている。

しかし、光音は知っていた。この世界が、彼が思っているよりも優しいことを。たくさんの人を音楽で幸せにしたいと願った彼の気持ちに、ちゃんと応《こた》えてくれる人がいることを——。

「リサイタルまであと二週間だ。早速今日から練習に入るよ。……命がけで」

穏やかな口調。だが、最後のひとことを言ったケリーの瞳に、激しく燃え盛るものを見て、光音は息を呑む。

「だから本番まで、君とは会えなくなると思うけど、いいかな？」

「平気です。僕、ケリーさんのファンだもん。応援したいです」

笑顔で言うと、ケリーもまた微笑んだ。

「ありがとう」

別れを惜しむように強く抱き合った後、ケリーは家まで送ると言ってくれた。

彼に自転車を押してもらい、人気の少ない朝の街中を並んで歩く。まだ髪の濡れている彼と、彼のシャツを着ている自分がこうして並んでいるのは、少し照れ臭かった。

「あのね、ケリーさん」

「ん？」

「僕の知り合いのトマスさん。あの人も、貴方の《カノン》が大好きですよ」

そう告げると、ケリーは驚いたような顔で、足を止めた。

「それだけじゃない。あの日の帰り道、たくさんの人が貴方のことを話してた。そりゃあ、チャリティーが目的のコンサートだったし、クラシック通の人は少なかったと思う。でも、音楽ってそんな堅苦しいものじゃないでしょ。素敵だと思ったら、それは素敵なんです」

光音は言った。

「ケリーさんのこと、カッコいい、もっと聴きたかったって言ってる人たちの声を聞いて、僕は本当に嬉しかった。自分と同じ風に感じた人がたくさんいると思ったら、寂しさが遠ざかっていく気がした」

それらの声は、ケリーの耳に届くことはなかったかもしれないが、確かに存在していたものだ。そして今も、あの日会場にいた人たちの心に、しっかりと根付いて輝いているに違いない。

　下を向いたケリーの目元が、ほんの少し赤くなる。彼が再び歩き出すのを待って、光音はまた口を開く。

「ただ不思議なのは……なぜあの時、ウィルはステージに立たなかったんでしょう？」

「人と接するのが嫌いだからね。ステージを終えて、取材陣が押しかけると、彼はいつも姿を消す。インタビューでも、一度も姿を見せたことがないだろう」

　確かにあのチャリティーコンサートは、参加者一体型の賑《にぎ》やかなイベントだった。自分の世界に閉じこもって演奏するウィルにとって、あれは相当居心地の悪い場所だったのかもしれない。

「ウィルのこと、どう思う？」

　ケリーが言った。

「どうって……？」

「どうすれば、いいか」

　それはまだわからない。昨夜自分は、彼の存在も含めて彼を愛すると言った。だから、今の状態が続くのだとしても受け止めたい。でもきっと、今の状態は、ケリーとウィルの双方にとって辛い。

「わかりません。僕はただ、貴方たちの出した答えを受け止めたい。ウィルは、『俺を見ろ』って言ってました。きっと、貴方に向き合ってもらうのを待ってる」

　そう言って、光音は微笑んだ。

「大丈夫です。だって、貴方は言ってた。ウィルの音色を、この世の誰よりも愛してるって」

　一瞬目を見開いた後、ケリーはじっと何かを考えるように目を細める。

「そのとおりだ……」

　叶《かな》うことなら、彼らの心の中へ飛び込み、互いに手を取り合わせてあげたい。けど、それは不可能だ。だからたとえ時間がかかっても、彼らが出した答えの形を愛そうと思った。そして、いつか訪れるその時のために、今の自分の想いを形に残しておきたくなった。

　太陽が少しずつ高くなる。出勤する人たちとすれ違いながら、やがて自宅前の通りへ出た。

「それじゃあ……」

　家の前まで来て、光音はケリーから自転車を受け取る。

「送ってくれて、ありがとうございます。リサイタル、楽しみに――」

「最後にキスを」

　言い終えると同時に、チュッと音を立てて唇を啄まれる。

　淡い微笑みを残し、去っていくケリーの後ろ姿を、光音は愛しい気持ちで見送った。本当に、本当に、大好きだ。

（僕も、頑張ります）

　家の前に自転車を停め、玄関のドアに鍵を差し込む。すると、なぜか鍵が開いていて、昨日閉め忘れたのかと一瞬焦った。

　だがリビングへ行った時、思わぬ人がそこには立っていて、光音は目を丸くした。

「父さん？」

「おお、ただいま。なんだ、朝帰りとは珍しいな」

　からかうように言われて、つい頬が赤くなる。

「昨夜帰ってきたところなんだ。土産《みやげ》、台所に置いておいたから、好きに食べなさい」

　軽く伸びをしながら言う父を、光音は気まずい表情で見上げた。

「父さん、ごめんなさい。実は……」

「店を休んでいたらしいな。トマスから聞いたよ」

「うん……」

「お友達が怪我をしたんだって？　大丈夫なのか？」

　どうやらトマスが、適当に言い訳をしておいてくれたらしい。心の中で彼に感謝しながら、光音は言った。

「うん、もう退院してる。それより、相談があるんだけど、いいかな？」

「なんだ？」

「散々勝手なことをして言いづらいんだけど……、店に出るのを、二週間ほど休ませてほしい。作業に集中したいんだ」

ケリーが練習に集中している間、自分もまた、やるべきことに向き合いたかった。あの作りかけのヴァイオリンを、リサイタル本番までに完成させたいと思ったのだ。

今の自分の気持ち。ケリーとウィルから貰った感性を、形にしたかった。姿勢を正して答えを待っていると、父は微笑み、頷いてくれた。

「わかった、頑張りなさい。お前にとって、記念すべき楽器になるからな」

「ありがとう、父さん……！　それとね、僕――」

次の言葉は、言うべきかどうか、少し迷った。

「今、大切な人と付き合ってるんだ。怪我をしたのは、友達じゃなくて、その人」

緊張気味にそう告げると、父は一瞬きょとんとした後、

「そうか」

と笑った。

光音は照れ臭そうに微笑み返し、自室へ向かった。そして服を着替えて、朝食を取ると、すぐアトリエへ向かった。

作りかけのまま放置してしまったヴァイオリンの布を、さっとどける。

組み立て途中の、まだ色のついていないヴァイオリンは、これからの可能性を存分に秘め、鈍い光を放つ宝石の原石のように見えた。

音楽家の魂を体現する道具である楽器には、コンマ一ミリの狂いすら許されない。命がけで表現する人のために、自分たち職人も命をかけて仕事をせねばならない。

――命がけで。

今朝、そう言ったケリーの瞳には、覚悟が宿って

いた。自身が消滅することを受け入れていた時のような、悲壮な覚悟ではない。何かに挑もうとする激しい闘志が、静かに燃え盛っているのがわかった。ならば自分は今、死ぬ気でその情熱に向き合わねばならない。

「僕の命を、貴方にあげる……」

まだ形を成していないボディを手に取り、光音は目を閉じる。

身体の中に、昨夜受け入れたケリーの体温が残っている気がした。

——俺のヴァイオリンになってくれるか？

艶のある低い声が、耳元で再生された。この身を演奏した手の感触が、肌の上に蘇っていく。指の動き、力加減。ケリーはどんな風に呼吸をし、己の魂を伝えてきたか。

そして。俺を見ろと叫んだ、ウィルの姿。彼が何に苦しんでいるのか、全て聞き出すことはできなかった。でもわかる、感じる。言葉ではなく、彼に触れられた肌が彼の痛みを感じた。

怒り、悲しみ、そして情欲と、愛。

彼らから受けた全てが、ビリビリと肌の下を流れていく。自分は身体ごと、彼らのヴァイオリンになりたい。そう思ったら、木と身体が一体化していくような錯覚に陥った。

昨夜のような狂おしいケリーの一面を表すには、どんな声をあげれば良いのか。ウィルを癒すために、どんな感触になれば良いのか。

感じろ、命を捧げろ。この身体ごと、ケリー・クロフォードの一部になれ——。

ゆっくりと瞳を開き、光音は椅子に腰を下ろした。

柔らかな日差しの差し込むアトリエに、木を削る音がこだまする。まるでそこに、愛という命を吹き込むかのように。

◆◇◆

リサイタル当日。

ケリーは楽屋でデル・ジェスの手入れをしながら、楽譜を読み返していた。そこへドアをノックする音がして、ミランダが顔を覗かせる。

「兄さん。開幕まで、あと二十分よ」

「わかった。もう少ししたら行くよ」

笑顔で言うと、ケリーは立ち上がり、椅子の上にデル・ジェスを置いた。

鏡を見ながら、襟元《えりもと》を閉め、白の蝶《ちょう》ネクタイをつける。今日の衣装は燕尾服《えんびふく》だ。なぜならこれは、自分にとっての初舞台。けじめのある服装で、全てを始めたかった。

不安がゼロというわけではない。だが、やるべきことはやった。スタッフや伴奏隊とも良いコミュニケーションを築けている。もう、進むしかないのだ。

「大丈夫？」

「ああ、見てのとおりだ」

「そう、良かった。あのね……実はさっき、ビックリするようなお客さんに会ったの」

「？　有名人でも来てたのか？」

上着を羽織りながら問いかける。するとミランダは、頬を染めて言った。

「違うわ。父さん」

袖口を直そうとした手が、ピタリと固まった。

「……え？」

「離婚してからずっと会っていなかったけど、すぐわかったわ。父さん、五年前に再婚したらしくて、新しい奥さんと一緒だった」

目の端を軽く拭い、ミランダは言う。

「不思議ね。今日は兄さんにとって特別なステージで、そんな日に家族と再会できるなんて」

ケリーは何も言わなかった。

「兄さん？」

その呼びかけにハッとして、ケリーは鏡に向き直る。

「悪い……。そろそろ集中したいから、一人にしてもらえるかな？」

「そうね。気が利かなくてごめんなさい」

ミランダは微笑み、ドアを開けた。

「頑張ってね。兄さんの演奏、楽しみにしてる」

「ああ……」

静かにドアが閉まる。

それと同時に、ケリーは鏡台に手をついた。

「父さんが……来ている……!?」

心臓が、バクンバクンと不穏な音を立てていた。目の前が暗くなり、何かいやな映像が見えてくるような気がした。気が遠くなるような感覚に見舞われ、呼吸が激しくなる。

胸に手を当て、喘ぐようにして俯いた。

すると、背後で冷たい声がした。

『逃げるのか？』

ハッと息を呑んだが、もうその声に驚きはしなかった。振り返ると、黒いシャツ姿のウィルが壁にもたれかかり、腕を組んでこちらを睨みつけていた。

しばらく彼を見つめ返し、ケリーはゆっくりと息を吐く。

「来ると思っていたよ。いや……来てほしいと思っていた」

『何？』

「向き合う時を、待っていたんだ。君と……いや、自分自身と」

険しく眉を寄せるウィルの顔を、ケリーはまっすぐ見据えた。同じ顔をしているのに、自分とは全くの別人に見える。でも、

「君は、俺の心なんだろう？」

まるで自分に言い聞かせるように、ケリーは言った。

「この二週間、必死で練習をして、ステージにも立って、ようやくわかった。恐れていたんだ、俺は……自分を拒まれること、否定されることを。君に身体を明け渡そうとして、本当は逃げていただけだった」

『また逃げればいい。俺がステージに立てば、お前の望むように、誰もが幸せになる』

　冷笑を浮かべ、ウィルはまるで心を支配するかのように、妖艶《ようえん》な声を発してくる。だが、ケリーはゆっくりと左右に首を振った。

「それはできない。アルトが、俺を待ってくれているんだ。君の音色を奪うことで、多くの人が悲しむかもしれない。けど、俺が今、一番幸せにしたいのは、彼だから」

　ウィルの表情が、激しく歪んだ。彼から発せられる猛烈な殺意を感じながらも、ケリーの心は落ち着いていた。

「ステージに立つ恐怖。そして……父さんへの、恐怖。全て、君が身代わりになって引き受けてくれていた。ようやくわかった。君は、俺を守ってくれていたんだな」

　言い終えると同時に、ウィルが壁から背を離した。彼は低く唸ると、両手で胸倉を掴み、背中を壁に叩きつけてきた。

『だからなんだ！　気づいたからって、それで済むと思っているのか!?』

　そう叫んだウィルの前髪が、じわりと赤色に染まり始めた。いや、違う……髪の毛が染まったのではない。彼の額から、赤い血が流れ始めたのだ。

『お前が笑っている間に、俺がどんな目に遭っていたと思う？　何を見ていたと思う!?　なぜ俺とお前はこんなに違う？　お前は、俺の世界を、少しでも見ようとしたことがあるのかあっ!?』

　血は次々と流れ落ち、額を、頬を、顎を伝い、ウィルの顔から首まで全てを真紅に染めた。やがてそれは赤黒く変色し始め、目を血走らせた彼の表情を、魔物のように変えていく。だがケリーは、その表情から目を離そうとしなかった。

「なかったな、一度も……。俺は君を羨むばかりで、君の背後にあるものなんて、見ようとしなかった」

　そう言って、ケリーはウィルの血まみれの頬に触れた。するとウィルが、慌てて身を離した。

『何をする……!?』

「許してくれとは言わない。ただ……君の苦しみをくれ」

ケリーは前に進み、ウィルの腕を強く摑んだ。その胸には、自分の苦しみをともに味わおうとしてくれた、光音の強い言葉が響いていた。彼が自分の全てを受け入れようとしてくれた。ならば自分もまた、自分の闇に向き合わねばならない。

『は、離せ……』

ウィルは青ざめ、ケリーの腕を振りほどこうとする。その際、彼の脚は強く椅子《いす》にぶつかった。何か大きな音がしたが、ケリーは構わず訴え続ける。

「ウィル、聞いてくれ」

『離せ！　なんのつもりだ！　今まで散々俺を拒んだくせに！』

「ウィル！」

摑んだ腕を思いっきり引き寄せ、ケリーはウィルを抱き締めた。

「すまなかった……！」

その言葉を言った途端、ウィルの抵抗がピタリと止まった。彼は瞠目したまま、ケリーの肩に顎を乗せ、愕然と宙を見上げる。

「君の音色は、俺の押しつけた全ての痛みから生まれたんだろう?　君の情熱は、叫びは、俺が負わせた傷の全てだ。それなのに……！」

ウィルを抱く腕にさらに力を籠め、ケリーは続けた。

「こんなにも、気づくのが遅くなってしまった。今まで辛い思いをさせて、本当にすまない！」

最後のひとことを終えると同時に、目の前に閃光が走った。

『うあああっ！』

怯えたように叫び、ウィルが胸を突き飛ばしてくる。

『やめろ……それ以上、俺の中に入ってくるなあっ！』

彼が叫んだ理由は、すぐにわかった。それまで別々だった互いの記憶が、突然隔たりをなくして混じり合い、それぞれの心に共有され始めたのだ。

雪崩《なだれ》のように入ってきたウィルの記憶。

全て、思い出した。思い出したというより、まるで身体の奥に沈んでいたものが、ゆっくりと浮かび上がってくるかのように、自然とそこに、あった。

恐怖は感じなかった。

日の当たらない、薄暗い地下室。ヴァイオリニストとして成功できなかった父は、自身と同じ名をつけた息子に、期待という名の暴力を与え続けた。毎日毎日、朝から晩までヴァイオリンの練習をさせられ、少しでも失敗すると身体に鞭を打たれた。その時受けたウィルの痛みが、今、自分が受けた痛みとして身体に蘇る。

「俺は、君にこんなものを抱えさせていたのか……」

ケリーは言った。

ゆっくりと近づくと、ウィルはもう逃げなかった。

彼は、何かに怯えるように震えていた。

『なぜ、俺ばかり……！』

掠れた声で呟き、彼は両手で頭を抱える。

「教えてくれ。君は今、何に苦しんでいる？」

それはもはや、自分に対する言葉だった。こうして、一人の人間の姿となった自分の心に、ケリーは呼びかける。

「ウィル……？」

ケリーはもう一度、ウィルに手を伸ばした。指先で、そっと、前髪に触れた。

すると今度は、彼の思考が伝わってきた。

自分の中から記憶が零れた時のことだ。その記憶はウィルの中へ流れ込み、それが彼を苦しめた。

そこには彼の、見たこともない景色がたくさんあった。空は青い、海は宝石のよう……俺は暗い地下室しか知らなかったのに、あの男から殴られることしか知らなかったのに。同じ身体にいるもう一人は、子どもの頃からみんなに愛されて、いろんな景色を見ていた。

聞こえる、ウィルの慟哭の声が。

俺は傷つくこと以外、何ひとつ知らなかったのに。人に優しくされることも、優しくする方法すらも知らなかったのに。なぜこうも違う？　なぜ俺は作られた？　俺はただ、苦しみを味わうためだけに作られたというのか――!?

そんな彼が唯一見た、美しい景色。

それは、ただひとつ。ステージだった。

灰色の世界しか知らなかった少年が、ようやく見た景色。眩《まばゆ》いスポットライト、煌《きら》びやかな客席。しかし、人々の温かな視線や拍手を心地よく思いつつ、一方で苦しく感じてしまうほど、その心は複雑にこじれていた。優しい愛が胸に流れ込むのを、彼は恐れながらも望んでいた。それほどまでに、彼は愛情に飢えきっていたのだ。

赤い血を張りつかせたウィルの頬に、透明な涙がみるみる筋を作っていく。まるで、痛みを洗い流すかのように。歯を食いしばって泣くその姿は、幼い子供のように見えた。

ウィルが自分を殺そうとした理由を、ケリーはようやく理解した。彼は、この人生が欲しかったのだ。家族がいて、友達がいて、明るい景色の中を生きる、当たり前の人生が。

自分がウィルの音色に憧れたように、彼もまた、自分の持つものに憧れた。当たり前だ、互いに、自分自身なのだから。まるで半身を取り戻そうとするように、自分たちは、知らぬうちに互いを求め合ってきた。反発しながら、互いを恐れながら、ずっと、ずっと――。

「俺が、君を愛するよ」

そう言うと、ウィルはハッと目を見開いた。

「俺が君になりたかったように、君もまた、俺になりたかった。だから……戻ろう、ウィル。今度は俺が君を守る。もう絶対に、目を背けたりしない」

ウィルはゆっくりと顔を上げた。赤く染まった頬が、徐々に元へ戻っていく。すると彼の肉体が、突如白い光に包まれた。

彼を包む光は、どんどん小さくなっていく。やがて消えたかと思うと、そこには金色の髪をした、みすぼらしい服を着た少年が立っていた。

少年は目を擦りながら、小さな嗚咽《おえつ》を漏らして泣いていた。

「ウィル……か?」

膝を折り、顔を覗き込むようにして問いかけると、彼は涙でぐしゃぐしゃになった顔をケリーに向けた。

『いたいよぉ』

ケリーは言葉を失った。彼の着ているTシャツはところどころ擦り切れ、そこから鞭で打たれた痛々しい痣《あざ》や傷痕が覗き見えていたのだ。

『ごめんなさい……じょうずに弾けなくて、ごめんなさい……!』

「よせ……」

『ごめんなさい……おねがいだから、ぶたないで……っ』

「やめろ! もう謝らなくていい!」

ケリーは少年を強く抱き締めた。

ほのかな体温から、彼の生きようとする必死さが伝わってくる。これがウィルの、自分の生きた軌跡なのだと、ケリーは今、はっきりと感じた。

「助けるのが遅くなって、すまなかった。君はもう泣かなくていい……謝らなくていいんだ」

『ほんとう……?』

「ああ。君は……俺たちはもう、自由なんだよ。怖い思い出に囚《とら》われる必要はないんだ」

それは、自らを癒す言葉だった。触れ合う場所から、ケリーは少年と自分がひとつになっていく感触を覚える。

「もう、暗い部屋に閉じこもるのはよそう。俺たちの前には、限りなく美しい世界が広がっている。愛してくれる人もいる。だからもう、怖がらなくてい

い。前を向いて進もう。一緒に、広い世界で生きていこう」

『つれてってくれるの？』

「もちろんだ……！」

力強く頷くと、少年はキラキラと星屑《ほしくず》のような光を残して、目の前から消えた。最後に顔を見た時、彼が花のように微笑んでいたのを、ケリーは見た。

「……」

これで、終わったのだろうか。

いや違う、始まりだ。

ゆっくりと立ち上がり、ケリーは辺りを見回した。さっきと変わらない部屋。でもなぜか、全く別の景色のように思える。

頭の中には、今までなかったものがぎっしりと詰まっている。ウィルの記憶。自分が目を背けてきた、おそろしい時間の全て。

不思議だ。心が、凪《なぎ》のように落ち着いている。与えられたのではなく、最初から頭の中にあった。そう感じるほど、それらの記憶は自然と心に溶け込んできた。今まで気づかなかったのが不思議なくらいだ。焦るにも焦りようがなく、これが普通なのだと思うしかできない。

「なんだ、これ」

鏡を見て、ケリーは呟いた。

冴《さ》えない髪型。もう少し上手く整えられるだろうと、ワックスでラフなオールバックにセットし直す。服の袖も邪魔だ。これでは思うように演奏ができない。

上着ごと腕まくりをし、もう一度、鏡に向き直る。そこには、今までとは全く違う自分が映っていた。

整えた髪は、ステージに立つ者としての自覚。折り曲げた袖は、奏者としての熱き心。刹那《せつな》の輝きを放ちながら、ウィルが身につけたものの数々をケリーは思った。

悲しい記憶だけではない。彼は素晴らしいものを残し、この身に授《さず》けてくれたのだ。生まれ変わった自身の姿をしばらく見つめた後、ケリーは全てを噛み締めるように、ゆっくりとまばたきした。

行こう――。

心の中で言い、椅子の上に置いた相棒に視線を落とす。だが次の瞬間、思いもよらぬ惨劇を目の当《ま》たりにして、ケリーは絶句した。

「な……!?」

椅子に載せていたはずのデル・ジェスが床に転がり、弦がバラバラに切れていたのだ。

そこへノックの音がして、部屋の扉が開けられた。こんにちは、と遠慮がちに言い、入ってきたのは光音だった。

「ごめんなさい。邪魔かなと思ったんだけど、ひとこと頑張ってって、言いたくて……」

その言葉は、全く耳に入ってこなかった。ケリーが何も言わないのに首を傾げた光音は、その視線の先を見て、言葉にならない悲鳴をあげた。

「な、なんですかこれ！　何があったの!?」

ケリーもしばらく状況を理解することができなかった。おそらく自分の仕業《しわざ》だろうとは思ったが、なぜこんなことになったのか、全く思い出すことができない。

「壊れては……いないよ。弦が切れただけだ」

そう言って膝をつき、ケリーは無残なデル・ジェスを持ち上げる。すると、中でカラカラと音がした。二人の間に、しーんと気まずい沈黙が流れる。

「この音は……魂柱《こんちゅう》が折れたのかも……」

光音が真っ青になって言った。魂柱というのは、ヴァイオリン全体に音を伝える、最も重要な部品である。この位置がほんの少しでも変わっただけで音は別物となってしまい、つまりそれが折れたということは、このデル・ジェスは価値が失われたのも同然なのだ。

「Shit《くそっ》……！」

思わず舌打ちを漏らすと、光音は驚いたように顔を上げた。

「壊れてしまったものは仕方ない。すぐに代わりの楽器を用意しよう」

　そう言ったケリーの目に、ふと光音が抱きかかえるヴァイオリンケースが目に入った。

「それは？」

「僕が作ったヴァイオリンです。リサイタルの後、貴方に見てもらおうと思って」

「君が……」

　その時、何か予感のようなものを、ケリーは感じ取った。

「貸してくれるか？」

　光音からケースを受け取り、慎重な手つきでヴァイオリンを取り出す。

　すると、ネックの部分を握った瞬間、掌とヴァイオリンの板とが、互いに吸いつくような心地よさをケリーは覚えた。

（これは……）

　そっと弦を弾いてみる。ポン、と軽快な音が鳴り、一緒に心がトクンと弾んだ。たったそれだけで、自分と楽器の波長が見事に調和したのがわかった。そして気づいた。これは、自分のために生み出されたヴァイオリンだ、と。

「これは、君の愛の結晶だね……」

　そう言って、ケリーは光音を見つめた。

「素晴らしいよ、アルト」

　光音は大きく目を見開いた。

　彼は七年間、自分のために頑張ったと言っていた。涙ぐむ青い瞳が、その歳月の全てを語っているようだった。そしてこのヴァイオリンには、そんな彼の想いが全て詰まっているのだ。

「マエストロ」

　職人としての光音への尊敬を込めて、ケリーはそう呼んだ。

「このヴァイオリンを、使わせてもらえないだろうか？」

　生まれ変わった自分とともに、新たな一歩を、光音の作ったヴァイオリンに踏み出してほしいと思った。しかし光音は、これ以上ないほど戸惑いを浮かべて首を振る。

「だ、駄目ですよ！　それはまだステージで使えるようなものじゃ……」

「このヴァイオリンがいいんだ」

　まだ不安そうにしている光音をなだめるように、ケリーは微笑みかけた。

「安心して。必ず心に響く演奏をしてみせる。だからお願いだ……俺に、君の想いを預けてくれないか？」

「ケリーさん……」

　しばらく視線を彷徨わせた後、光音はようやく頷いた。

「預かるんじゃなくて、受け取ってください。僕は……貴方のものですから」

　頬を染めたその表情に、胸の奥の衝動が疼いた。背中を抱き寄せ、苺《いちご》のような唇をキスで塞ぐ。ねっとりと舌を絡めて引き抜くと、光音は驚いた表情でこちらを見上げていた。

「参ったな、キスしたら興奮してしまった。リサイタルが終わったら抱かせてくれ」

　強気な笑みを残して、楽屋を後にする。

　残された光音は、ボッと火がついたように赤くなり、へなへなと膝の力を失った。


「お待たせ。さあ、行こう！」

　舞台袖で、待っていたスタッフや伴奏隊にそう告げると、彼らは笑顔で頷き返してくれた。少し心配そうな顔をしている妹の肩を叩き、ケリーはステージの中央へと足を進めた。

　まだ見ぬ客席からは、分厚い緞帳《どんちょう》を通してもなお、凄《すさ》まじい圧力が押し寄せてくるのを感じる。瞬間、全身に激しい武者震いが起こった。

「……っ!?」

昔から、ここに立つと、いつも恐怖心という名の波が襲いかかってきた気がする。

だけど今、この身を覆うのは恐怖でも緊張でもない。とめどない興奮だ。全身の毛がビリビリと逆立つような快感すら覚え、思わず腕を握り締めた。

（ウィルはいつも、こんな状態で演《や》っていたのか……!）

とてつもない高揚感。身体の中で、何かが暴れ出すのを感じる。

緞帳を突き抜けてこの身に刺さる客の視線が、彼らの呼吸が、熱気が、全てが圧倒的なパワーと化し、快感にすら変わっていく。

弾きたい。自らの魂を音に変えて叫びたい。聴け、聴け、聴け！　荒れ狂うその感情は、魂の渇望だった。ヴァイオリニストとしての激しい本能が、全身を滾らせていく。

止められない、この衝動を。ぞくりと肌を震わす極上の快楽は、まさに、悪魔だ――。

「行くぞ、相棒《ウィル》……!」

開幕のベルが鳴る。ケリーは深く息を吸い、視線を上げた。


その頃光音は、開幕ギリギリに客席についていた。

「随分遅かったじゃないか。間に合って良かったな」

先に座っていたトマスから声をかけられ、光音は愕然と彼を見つめ返す。

「どうしよう、トマスさん……」

「何が？」

「ケリーさんが、僕のヴァイオリンを使うんだ」

「……ええっ!?」

ずっと、ケリーに自分のヴァイオリンを弾いてもらうことを夢見ていた。でもそれが、こんな形で叶ってしまうなんて思いもしなかった。

受け取ってくれと自分で言ったくせに、情けないかな、ちっとも嬉しいと思えない。父はあのヴァイオリンを褒めてくれたけれど、まだ作りたてのヴァイオリンは溶剤もニスも馴染みきっていない。本来ステージに持っていくようなものではないのだ。

祈るように組み合わせた手が、ブルブルと震える。

会場が暗転し、光音は弾かれたように顔を上げた。

場内がしんと静まり返る。

その時、静寂を切り裂くような形で、ケリーのヴァイオリンが響いた。

光音はぎゅっと唇を噛み締める。やはり、どう聴いても音が軽い。

中央に当てられたスポットライトが徐々に広がり、燕尾服を着たケリーの姿が現れる。後ろの伴奏隊の姿も照らし出される中、客席からは大きな拍手と歓声が沸き起こった。

それもそのはず。

彼が弾くのは、ケリー・クロフォードの代名詞——即《すなわ》ちウィルの十八番《おはこ》と言える名曲だ。

かつて悪魔と呼ばれた天才ヴァイオリニスト、パガニーニ作曲の《カプリース第二十四番》。たった五分ほどの演奏の中で、速弾きとバラードの転調を何度も繰り返すこの曲は、奏者のリズムをことごとく翻弄《ほんろう》する超難曲である。おまけに指遣いが異常に複雑で、その上両手によるピチカート奏法などいくつもの高等技術が求められる。

リズムに気を取られると音をはずし、指に集中するとテンポが乱れる。ただでさえヴァイオリニストを嘲笑《あざわら》うかのようなこの曲を、ウィルは速度をさらに上げて、独自のリズムの中で弾きこなす。今ステージに立っているケリーは、それと全く同じ弾き方をしていた。

まさか、ウィル——？

咄嗟に思ったが、さっき楽屋で会ったのは紛れもなくケリーだった。それに、今ステージにいる彼は、ウィルと違って大きく身体を揺らしてはいない。

（ひょっとして……）

光音は口元に手を当て、ステージの彼に集中する。起伏の激しい複雑な音から飛び出してくる、圧倒的な迫力。まるで虚空を切り裂くような鋭い演奏は、やはりウィルのものに思えた。しかし、捉え方によれば暴力的にすら思える迫力の中に、力強い理性が潜んでいる。

曲が転調し、バラードへと変わる。深い悲しみの音色は、同時に傷を癒すような温もりをも感じさせる。その優しい響きに、ケリーの魂を感じる。

光音は直感的に思った。これは、ケリーとウィル、二人の二重奏なのだ——と。

孤独、苦痛、絶望。闇の中で生み出された、ウィルの魂の叫び。狂気と悲哀の音色。

それを包み込む、ケリーの優しさ。それは偉大な愛の波動だった。過去に光音を癒したケリーの音色は、彼の傷痕とも言えるウィルの音色を包み込み、揺るぎない希望へと変えていた。

光と闇。辛い過去によって分かれ、生み出されてしまった両極端なふたつの音色。それらは今、混じり合い、確実にひとつになっていた。

光音は感じた。互いに目をそらし合っていたケリーとウィルの魂が、今ここで重なったことを。

彼らの奏でる音色は、暗闇を照らすなどという次元ではなく、闇そのものを光へと変えていく壮大さで溢れていた。どんなに深い絶望が訪れようと、心が愛を願う限り、そこには希望があるのだと……世界は限りなく美しいのだと、そう信じさせてくれる力が、彼らの音色から溢れ出ていた。

感じる……ケリー、ウィル、二人の希望を感じる。彼らの愛を、感じる。どうしよう、涙が止まらない。

とめどなく流れ落ちる涙を、光音は拭うことすらできなかった。顎の下で握り締めた両手を、涙の雫《しずく》でぼとぼとに濡らしながら、瞬きすら忘れて、彼らの姿に魅入っていた、
激しさと叙情、怒濤の転調を繰り返し、『カプリ

ース』は終章へと向かっていく。

複雑な指遣いを要する、高速のピチカート。長い指先で弦を弾く表情は、背筋を震わせるほど官能的だった。恋人の身体を繊細に愛撫するような指の動きに、光音の鼓動が高鳴る。それを終えた後は、最後のバラードソロだ。

他のオーケストラが演奏を止める中、ケリーは目を閉じ、しっとりと呼吸をするように、それを弾いた。スポットライトも彼に集中し、まるでステージに一人しかいないかのように、照らし出す。

その時。

光音は、彼の影がひとりでに動き出すのを見た。

それはゆっくりとケリーの隣へ移動し、立ち上がり、やがてはっきりとした人間の姿へと変わる。同じ燕尾服を着た、もう一人のケリー……そう、ウィルの姿に。

顎を上げ、恍惚《こうこつ》とヴァイオリンを弾くウィルの幻《まぼろし》は、徐々にケリーへと近づき、ひとつに交わる。

彼が微笑んだように見えた刹那、曲が最後の転調をし、再びステージ全体が映し出された。

前髪を汗で湿らせながら、ケリーは激しく弓を動かす。アップダウンの激しい最後の難所をくぐり抜け、彼の音色は、まるで天に飛翔するかのように駆け上がる。

甲高いラストの一音を長く響かせ、ついにラストを終える。彼の弓が弦を離れると、場内が、虚無のように静まり返った。

指揮者が腕を下ろす。瞬間、会場全体から割れんばかりの拍手と歓声が沸き起こった。

「ブラボー!」

「ケリー・クロフォード! ブラボー!」

一曲目だというのに、物凄いスタンディングオベーションだった。光音も立ち上がり、涙でぐしょぐしょになった顔を拭いもせずに、力の限り拍手を送った。

ケリーが我に返ったように客席へ振り返る。呆然《ぼうぜん》とこちらを見回した後、彼は笑みを浮かべると、胸に手を当ててお辞儀をした。

いつもなら絶対になかったパフォーマンスに、会場がさらに湧き立つ。するとさらに、ケリーは司会者にマイクを要求した。言うまでもなく、彼がステージ上で何かを話すなど、初めてのことだ。皆一斉に黙って、彼の言葉に耳を傾けた。

「あー……えっと、その……」

心なしか、頬が赤い。その不器用な表情は、ウィルのもののようにも見えた。

「ありがとうございます。まさかこんなに、拍手をもらえるなんて」

はにかんだ表情で言う彼を、観客は微笑ましい表情で見つめている。司会者も、伴奏隊も、彼が何を言うのか興味津々《しんしん》の様子だ。

「物心ついた時には、ヴァイオリンが傍にあって、本当に自然な形で、俺はこの道を歩んできました。あまりにも自然すぎて、なぜ自分がそうしようとしたのかも、わからなくなっていたほどです。でも今日、ここに立って、初めての発表会のことを思い出しました。こんなにもキラキラした場所があるんだと、感動した時のこと。ここがあったから、俺は生きてこられた。俺が、ヴァイオリニストになったのは……」

彼は、輝く目を宙へと向けた。

「ここでヴァイオリンを奏でることを、誰よりも愛しているからです」

拍手が湧いた。光音も涙を流しながら、誰よりも大きな拍手を送った。

その姿を、ケリーはステージから微笑んで見つめる。そして、心の中に溶けていったもう一人の自分に、こう投げかけた。

（そうだろう、ウィル。俺たちは、何かに怯えて、流されて、この道を選んだわけじゃない）

この会場のどこかに、恐れていた相手がいる。

憎みはしない。その人を憎むことは、こうなった

自分すらも憎むということ。自分はその人を、とても好きだった。好きだったから、目を背けようとした、信じまいとした。そう思ってしまった子供の頃の自分を、今はしっかり受け止めている。責めもしない。ただ、受け止めている。

記憶は消えない。消そうとも思わない。でも、その恐怖と決別するかのように、ケリーはもう一度深く頭を下げた。自分の、もう一人の自分の生きた軌跡。そこで生まれた想いを、これから希望に変えて奏でていく——彼とともに。

拍手喝采は鳴りやむことがなかった。ケリー、そしてウィル二人の《カプリース》は、熱い感動となって、この一瞬に刻み込まれたのであった。

◆◇◆

ケリーのリサイタルは、大成功を収めた。数々の名曲を、あの希望溢れる音色で飾った後、ケリーは四回もアンコールに応えてくれた。

それはまさに、愛情溢れる時間だった。ケリーの観客に対する愛情、そして客席から彼へ向けられる愛情。会場全体が温かな力に包まれていて、その中で、客席から投げられた花束を胸に微笑むケリーの姿は、本当に光り輝いていた。あの姿を、光音は一生忘れないと思う。

その至福のひとときは、きっとウィルにも伝わっていたことだろう。彼もまた、ああいう風に笑うことができるだろうかと、光音は思った。

リサイタルの後、取材を終えたケリーは、光音をドライブに誘った。そうして連れてきてくれたのは、ローマ市内の、夜景の見える丘だ。

「綺麗だ……」

車から降り、ケリーはしみじみと呟く。

「今まで以上に、目の前の景色が美しく見えるよ。本当……叫びたいぐらいだ」

色の濃いジーンズの上に、黒いシャツを着たケリーの姿を、光音は見つめた。目の前にいるのは紛れもなくケリーだが、どことなく雰囲気が違って見える。

「ありがとう、アルト」

言われて、光音は首を傾げた。

「君のお陰で、今日の演奏ができた。君に出会えたからこそ、今の俺がある」

静かな夜を彩る夜景の光は、どれも温かなオレンジ色をしている。光と闇とが混ざり合って、白い霞《かすみ》のようなものが街全体を覆っていた。それはとても幻想的で、優しい風景だった。しかし光音は、淡い笑みを浮かべるケリーの心に、もっと奇跡のような出来事が起こったことを感じ取った。

「ようやく向き合うことができたんだ。ウィルと」

ケリーは静かに語った。

「リサイタルの直前、俺と彼の心は、ぶつかり合って、ひとつになった。彼の記憶、想い、あらゆる全てが、俺の中に入ってきたよ」

それを聞いて、光音は不安になった。ケリーがウィルの壮絶な体験を受け入れるのは、相当辛かったはずだ。

しかしケリーは、満ち足りた表情を浮かべていた。まるで、そうできたことを喜ぶように。

「不思議な感覚だった。ウィルの記憶は、もとから俺の中にあったように思えたんだ。でも、よく考えたら不思議でもなんでもない。彼は俺……彼の記憶は、俺の記憶なんだから」

穏やかに話す彼を見て、光音はホッとする。そして今日、ケリーとウィルの姿が重なって見えたことを思い出した。

「僕、感じました。貴方とウィルが、一緒に演奏しているんだって。二人の心が、混ざり合って調和していくのが、凄くわかった」

あの光景を思い浮かべただけで、また涙が出そうになってくる。

「ウィルと、心がひとつになったんですね」

光音が言うと、ケリーは頷いた。

「彼の見てきた景色が、俺に素晴らしい力をくれた。辛い現実があるからこそ……そして、それと向き合った時こそ、世界はより輝いて見える。そういうことを、彼は教えてくれた。君にも伝わったかな？」

「はい。だって貴方たちの演奏は、世界中を照らすみたいに輝いていました。本当に、奇跡みたいだった……」

そう言ってから、光音はふと、寂しい気持ちに駆られた。

「でも、心がひとつになったってことは……ウィルは、いなくなったってことですよね？」

ウィルを受け入れようと思った。痛みを知って、想いを理解して、ケリーへ対するのとはまた別の気持ちで愛し、癒してあげられるのならそうしたかった。なのに、それができなかったのはどうしても悲しい。

するとケリーは、胸に手を当ててこう言った。

「いなくなったんじゃない。彼はここにいるよ、ずっと」

彼は微笑んだ。

「もう声は聞こえない。でも、彼の魂はこれからも俺とともにある。意識や記憶はひとつに交わったけれど、彼の魂だけは消えない。だから俺は、彼と寄り添ってヴァイオリンを奏でていく。二人で一緒に」

一緒に——。

その言葉を心に焼きつけ、光音は泣き笑いの表情を浮かべる。

「そうですね……」

どこか切ない。だけど、素晴らしいことだと思った。彼らの音はひとつのようで、二重奏のようでもあった。あの音こそが、ケリーの、そしてウィルの辿り着いた答え。だとしたら、なんて力強く、そして美しいのだろう。

光音が目尻に浮かんだ涙を拭っていると、次にケリーは、こんなことを言い出した。

「それにしても、君にはたくさん謝らなくちゃいけないな」

「何をですか？」

「何をって……。散々言ったじゃないか、酷《ひど》いことを」

　ウィルとのやり取りを言っているのだろう。苦い顔をしているケリーを見て、光音は小さく笑った。

「いいですよ」

「いや。本当、ごめん……何度謝っても足りないよ」

「謝らないでください。ウィルとのああいう時間も、僕は宝物にしておきたい。それに、僕もウィルを傷つけてしまったから」

「でも、それ以上に癒してくれた。君の愛しているという言葉が、俺たちにとって、どれだけ救いになったことか」

　ケリーは言った。そして、車の中から光音のヴァイオリンを取り出した。

「このヴァイオリン、本当に素晴らしかったよ。弾いていると、君の心に包まれている気がした。今日のリサイタルができたのは、君のお陰だ」

　そう言ってくれるのは嬉しいのだが、光音としては、未完成のヴァイオリンを使われるのは、やはり恥ずかしい。

「あの、もうステージでは使わないでくださいね。ヴァイオリンって、何年も経たないと、本来の音が出ないから」

「それでも、俺にとっては最高だった。感触だって、まるで君の肌みたいでとても愛しい」

　そう言ってヴァイオリンを撫でるケリーを見て、光音はさっと顔を赤らめる。

「それは、気のせいです……」

　ケリーが自分のヴァイオリンを気に入ってくれたのは嬉しい。けど、彼が弾くべきは、やはりあのデル・ジェスだと思う。

　あの後確認したところ、幸い伝説の名器は壊れていなかった。カラカラ音が鳴っていたのは、切れた弦の一部が中に入っていたのが原因で、魂柱には問題がなかったのだ。

　音が素晴らしいという点はもちろんだし、何よりウィルが友達のように大切にしていた楽器。それを、ケリーにもまた大切にしてほしいと光音は思う。

「わかった。じゃあ、今弾いてもいいかな？」

　そう言ったケリーに、光音は目を輝かせて頷く。ケリーにヴァオリンを弾いてもらう。その夢が叶ったことが、ようやく嬉しく思えてきた。

　ケリーが弾き始めたのは、《Over the Rainbow》という、有名なミュージカル映画の劇中歌だ。虹の向こうに美しい国があり、そこでは悩みが消えて、どんな夢も叶う。ロマンティックな歌詞と優しいメロディーが心を癒す、希望の歌。ケリーが奏でると、音が星となって、ひとつひとつ夜空に浮かんでいくような気がする。

　自分のヴァイオリンは、やっぱり未完成だ。音を聴いていると、どうしても粗が見えてくる。しかし、ケリーの波長と混じり合って、言葉にできない美しいものを響かせている気もした。

　夢は叶う。ケリーの演奏を聴きながら、光音はそう信じた。いつかきっと、ケリーの音色をこれ以上ないほど美しく響かせてみせる。デル・ジェスにだって負けないぐらい。きっと、それを作ってみせる――。

　曲を終えると、ケリーは軽くお辞儀をした。

　拍手を送ると、彼は微笑み、そっと近づいてくる。

「虹の彼方《かなた》に、美しい国がある。俺にとって、それは君だった。君のくれた青い鳩が、俺をここまで運んでくれた」

「奇跡ですね。貴方が僕を見つけてくれたことは」

　目を潤ませて言うと、ケリーはクスッと笑った。

「どうやって見つけたと思う？」

　そういえば、と光音は首を傾げる。手紙の差出人がわからなかったはずなのに、ケリーはどのように自分のことを調べたのだろうか。

「手がかりは、イタリアのローマから出されたということ。それと、手紙の最後に書かれていた、Alto.Hという名前だけだった」

「ローマの住所録を調べた……とか?」

ケリーはゆるく首を振った。

「違うよ。君、一年前に、ロンドンへ俺のコンサートを見にきただろう? その時、ハイドパークにある喫茶店に入った」

光音は目を見開いた。

確かにあの時、帰国の飛行機まで時間があったので、ロンドンの知人に誘われて美味《おい》しい紅茶の店に入った。そこで、父と知人との三人で、ケリーのコンサートの話題につき、大いに盛り上がったのを覚えている。

「なんでそれを……」

「俺もそこにいたんだよ。帽子を被って、サングラスもかけていたから気づかなかったんだろうけど、俺、君の後ろの席にいたんだ。君たちがコンサートの話をしているのを聞いて、最初は少し困った。一人でゆっくりしたい気分だったから」

でも、とケリーは回想する。

――今回も聴けなかったなあ、ケリーの《カノン》。

それを聞いた時、思わず紅茶を飲む手を止めていた。

――彼の魅力は、ああいう超絶技巧だけじゃないんだよ。本当は、とても優しい音色を持った人でもあるんだ。きっと愛情深い人なんだろうなぁ。

「まさかと思って聞いていたら、君と同席してた人が、アルトって名前を呼んだ。驚いたよ、まさかあんなところで遭遇するなんて。しかもその時、一瞬だけど言葉も交わしたんだよ」

「そういえば……」

店を出ようとした時、後ろにいた青年が、紅茶の入ったカップを床に落としたことを光音は思い出した。店員が掃除しにきて、彼は割れたカップを弁償すると謝っていた。そこへ、声をかけたのだ。

——大丈夫ですか？　これも落としましたよ。

車のキーだった。それを受け取った青年がまさかケリーだとは夢にも思わず、そのまま光音は父に呼ばれて店を出てしまった。

「格好悪かったな。君を追いかけようとして、つい落としてしまったんだ。でもその時、君のお父さんの顔を見た。この業界じゃ有名な人だったから、すぐにピンときたよ。それでわかった、君の名前は、アルト・ハツカゼ。ローマに住んでるのも合点《がてん》がいったし、あの鳩のことも」

確かに折り紙は、父が日本人だからこそ思いついた贈り物だ。

「一目惚れだったな。それまでじわじわときていたものが、一気に弾けたよ。色が白くて、純朴で……話しかけられた時、緊張で何も言えなかった」

「そんな、僕なんて……」

「何？　俺をここまで惚れさせておいて」

顎に手が添えられ、上を向かされる。甘い視線と目が合うと、胸がドキッと高鳴った。

「今日の本番前の約束、覚えてる？　リサイタルが終わったら、抱かせてくれって」

光音の顔が一気に赤くなる。

「お、覚えてます。でもその前に、ひとつ訊《き》きたいことが……」

「何？」

「あのスキャンダルは、結局なんだったんでしょう？　ロンドンで、その……髪の長い女の人と抱き合ってた……」

今思えば、人と接すること自体嫌っていたウィルが、あんな風に女性といちゃついていたのは不自然な気がする。かといって、ケリーがそんなことをしていたとも考えづらい。

「ロンドン……？」

ケリーはいかにも不思議そうな顔をして、しばらく考え込んでいた。

「ひょっとしてそれ、アパートのベランダで撮られてなかった?」

「そう、それ……!」

不安の入り混じった声で答えると、ケリーはにこりと微笑んだ。

「安心して。あれはミランダだよ」

「へ?」

「彼女、来年結婚するんだ。うちって、俺が父親代わりみたいなものだろ? だから、一緒にヴァージンロードを歩いてほしいって、頼まれてさ」

ということは、あれは結婚を承諾した兄に、妹が感激して抱きついている図だったのか。

思い出してみると、写真の女性の背丈はちょうどミランダぐらいだった気がする。普段の彼女はきちんと髪をまとめ、サバサバした感じなのに対し、あの写真はあまりにも女性的な雰囲気が強かった。おまけに顔が写っていなかったので、わからなかったのだ。

「ごめんなさい、誤解して……」

「ううん。俺のほうこそ、不安にさせてすまなかった」

そう言って、ケリーは光音の両手を握り締めた。

「君以外の人に、心を動かされることなんてないよ。これから先も、ずっと」

「僕も……」

光音は言った。

「僕も、貴方以外の人なんて、考えられない」

ケリーは微笑んだ。そっと顔が近づき、光音は目を閉じる。唇が奥深くまで重なると、突然キスの勢いが強まった。

「ん……」

口腔を舐め回す舌の動きは野性的で、唇の音は果てしなく甘い。ケリーのキスもまた、彼の音色と同じで、少し変化しているように思う。

(でも、やっぱり優しい……)

光音はケリーの背に腕を回した。今の彼を、この幸せとともにたくさん感じたいと思った。

狭い車内に、官能的な唇の音と、甘い嬌声《きょうせい》が響き渡る。

助手席のシートに背を預けたケリーの膝に跨る形で、光音は乳首を吸われていた。

「あっ……あ……んぅ……っ」

彼がまだシャツの前をはだけただけの状態なのに、こちらだけ全裸になり、眼鏡だけかけさせられているのが恥ずかしい。当然、外からは丸見えの状態で、いつ誰かが来るかもしれないという緊張感が、肌の感覚を張り詰めさせていくようだった。

「も、乳首……だめ……」

腰を引こうとすると、すぐに抱き寄せられて、さらに吸われる。突起の側面を歯で擦られ、乳頭に舌先を当てられて、ちゅくちゅくと淫靡《いんび》な音を鳴らしながら、執拗に弄ばれた。

「ああっ……や、駄目、あンっ、あっ……」

上を向いたペニスの先から、鈴口を押し開くようにして、白濁がプクッと溢れ出す。光音が甘い声をあげるたびに、それは次々と溢れ出し、薄い繁みを夜露のように濡らした。

ようやく胸から口を離し、ケリーが艶っぽい瞳を向けてくる。

「やっぱり可愛《かわい》いな、アルトは。想像よりずっと素敵だ」

「な、何が……？」

「一目惚れした時から、何度も頭の中で君を抱いた。でも本物の君は、想像なんかより、ずっと綺麗でいやらしい身体をしている。この、乳首も……」

喋りながら、ケリーは再び乳首を口に含む。散々吸われたそこは、乳輪の根元からぷっくりと膨らみ、赤く腫れて花のように咲き誇っていた。

「ふぁ……う、嘘……あぅ……っ」

想像しながら何をしていたのだろう。考えただけで頭が沸騰しそうなほど恥ずかしくなり、ケリーの肩を摑む手に力が籠もった。花芯はもう蜜を垂らして、腹につくほど勃起している。

　無意識に腰を揺らしていると、ケリーの両手がするりと尻に回された。全体が華奢な光音の尻は小ぶりだが、弾力があって丸い形をしている。その白い尻朶をがっしりと摑むと、ケリーは荒っぽい手つきで揉《も》みしだく。

「あっ、あん……っ！　ひ……っあ……」

　奥の窄まりを広げるように左右に揉まれると、物欲しげな感覚が湧き立った。ついこの間男を覚えたばかりだというのに、そこがもうケリーの雄を欲しがっていると自覚し、腰の奥がゾクゾクと疼いた。

「う……ん……あ……ああっ！」

　長い指先が、ひくついた蕾に軽く触れた。たったそれだけで、入れてほしいという衝動が、腰に這い上がってくる。

　さっきまであんなに綺麗なヴァイオリンを奏でていた指が、少し膨らみのある襞をほぐすようにこね回してくる。穴に軽く触れられ、人差し指と中指で左右に広げられて、もどかしさがどんどん膨らんでいく。あまりのじれったさに腰を揺らすと、指先が襞を捲り上げ、ゆっくりと入ってきた。

「ひぅ……っ」

　指が二本に増やされ、中をくちゅくちゅと掻き回した。少し引き抜き、軽く折り曲げられると、指の腹がコリッとした箇所に触れ、痺れるような愉悦が走った。

「あっ、ああっ」

　思わず腰を跳ねさせると、ケリーはぐっと太腿《ふともも》を押さえつけ、さらにそこをスリスリと優しく撫でるようにしてくる。そうすると、むず痒《がゆ》いような切なさが込み上げてきて、下肢に鳥肌が立った。

「あっ、あっ、や……だめ……あっ」

　声もさらに甲高いものとなる。腿を押さえていた手を光音の肩に回すと、ケリーは再び胸の突起に唇を這わせてきた。それだけでも耐えがたいほどの快感だというのに、尻を弄る指は、今度はトントンと、優しくリズミカルに敏感な場所を叩いてくる。指先が粘膜に触れるたび、気が遠くなるような愉悦の電流が走り、股間のものが震えた。

「ひっ……い、やぁ……も……いやっ、あん……っ」

もう限界を訴えているのに、張りつめた突起にまたしても吸いつかれ、震え上がるほどの喜悦が肌を駆け巡る。

「だめ、だめ……ケリーさ……あぁぁっ！」

ケリーの指を強く食い締め、光音は射精した。狭い鈴口を押し開き、小さく噴き出した精は、その後もトロトロと溶岩のように溢れ出していく。止まらない射精の快楽に腰を震わせながら、光音は乳首を吸われてすすり泣くように喘いだ。

「ふ……ぅ……あぁ……」

指を引き抜き、ケリーは唇を啄んでくる。

「俺はもう、君の恋人と名乗ってもいいのかな？」

「ち……違うんですか……？」

「俺は思ってるよ。だから、ケリーって呼んでほしい。この前抱いた時は、そう呼んでくれただろ？」

あまりにも必死だったから覚えていない。光音は熱っぽい目で恋人を見下ろし、

「ケリー」

と、儚げな声で呼んだ。

「嬉しい。ずっと君にそう呼んでもらいたかった」

尻の下で衣擦れの音がし、熱を持った肉襞に太く力強いものが擦りつけられる。触れただけで熱く滾っているのがわかる狂おしい感覚に、光音は喉を震わせた。

「あっ……」

「このまま腰を落として。今日は、君から俺のモノになってくれ」

しばらく瞳を彷徨わせたが、光音は顔を赤くしてこくりと頷いた。ケリーの肩に手を置き、ゆっくりと腰を落とすと、蕾に亀頭の先がズプッとめり込む。

「あっ、ああっ！」

それだけで襞がじんと痺れる。さらに腰を落とすと、肉輪が一気に押し広げられた。ケリーの雄は雁首が太く、幹の途中がさらに太くなっている。それ以上沈ませると辛いとわかっているのに、痺れた膝が徐々に力を失い、自動的に肉棒をどんどん飲み込んでいく。

「ひぅ……っ、は、あっ、ああ……！」

初めての時みたいな痛みはなかった。これがもう処女ではないということなのだと実感する。だが、半分ほどまで到達した時、串刺しにされるような感覚で身体が怯んだ。これだけでも十分溶けそうな快楽に見舞われているというのに、全て飲み込んだらおかしくなってしまいそうだ。思わず膝に力が入り、腰を浮かせようとすると、ケリーの手がそれを阻んできた。

「もう少しだよ、頑張って」

「ああ……ああぁっ……」

ケリーの手に押され、意志とは関係なく腰が落ちる。彼が乳首を摘むと、頭の中で爆《は》ぜるような感覚がして、一気に根元まで結合してしまった。

「ひっ!?　ああっ、あっ――……っ！」

密着した粘膜が、途方もない愉悦を生む。さっき達したはずの花芯がピクンと持ち上がり、今度は盛大に精を放出した。勢いよく飛んだ白濁は、ずれた眼鏡のレンズを汚し、恥ずかしさのあまり光音の全身を薔薇色《ばらいろ》に染め上げる。

「うぅ……っふ、ふぅ……っ」

「綺麗だ。まるで俺のために降りてきた天使みたいだよ、アルト」

ケリーが尻を掴み、軽く揺らしてくる。柔らかな襞が、彼の雄が今にも弾けそうなほど張りつめているのを感じ取り、狂おしい感情が胸を襲った。

「ケリー……、ああ、ケリーっ……」

ほとんど助けを求めるような心地で、彼の名を呼んだ。粘膜が擦れるだけで甘く切ない快楽が込み上げてくるのに、興奮した吐息を聞くと激しいときめきに駆られて、もっと彼を求めてしまう。

たまらず自ら腰を揺らすと、ケリーが目を細め、精液のついた眼鏡をそっとはずしてきた。

「反則だな……君は」

淡く微笑んだまま、シートの横のボタンを押し、背もたれを後ろに倒す。仰向《あおむ》けに寝そべると、彼は光音の両手首を摑んできた。

「俺に愛されてる君を、もっと見せてくれ」

摑まれた手首をやや後ろに引き下げられて、胸を張った状態になる。そのまま下から突き上げられて、頭の先まで貫くような快楽に襲われた。

「あっ、ああっ、あっ！」

パンパンと激しい音を立てて乱暴に突き上げられると、身体が上下に波打つように揺さぶられ、その反動で達したばかりの花芯がはしたなく振り乱れた。粘り気の強い精はまだ全て滴りきっておらず、ペニスが揺れると、鈴口と糸で繋がった残滓《ざんし》まで激しく振り飛ばされる。

「ひあ……！　やっ、あっあっあぁっ！」

焦った声を出すも、手首を摑まれているせいで卑猥な光景を隠せない。ケリーの艶っぽい眼差しがそこへ向けられ、彼がごくりと喉を鳴らすのが見えた。

不思議だった。恥ずかしいのに、ケリーに興奮されるのが嬉しいような。この浅ましい姿を見られたくないと思うのに、もっと見てほしいとも願ってしまう。

（あっ、ああ……どうしよう……っ）

これ以上ケリーを感じたら限界だと思うのに、擦り上げられた媚肉はもっと彼を求めるように、貪欲に肉棒へと吸いついていく。彼がたまらず声を漏らすと、歯がゆいような幸せが肌を震わせた。

乳首がピンとそそり立っている。もはや男のものとは思えぬほどにいやらしく膨らんだそれは、空気が触れるだけでも感じるほど敏感になっている。そのいやらしい胸も、蜜を垂らして揺さぶられる花芯も、全て見られていると思うとたまらなかった。

「ああ……あ、あっ、ケリー……っ」

「アルト……」

手首を摑んでいた手が離れ、するりと腹を這い上がってくる。もどかしい手つきで胸板に当てられた大きな掌が、今度はそこをいやらしく揉んでくる。

「凄く綺麗だ。俺のキスマークも、とてもよく似合うよ」

「やっ……あ、あんっ」

「俺の中が君で溢れていく。愛してる、愛してる、アルト……！」

「ケ、ケリー……」

光音はケリーの顔を見つめながら、必死で前後に腰を揺らした。やがてグラインドがついてくると、ケリーのそり返った亀頭が敏感な部分に引っかかり、またむず痒い快楽に見舞われる。気持ちよすぎて辛いのに、もっとそこを掻きたくて腰が勝手に揺れた。

「あっ、いやぁ……だめ……も、だめ……なのに……っ」

気持ちよすぎて、もう何も考えられなかった。余裕のないケリーの呼吸を感じれば感じるほど、彼の愛を感じてしまう。愛されて犯されているということが、たまらなく興奮する。飲み込めなくなった唾液を垂らしながら、光音は我を忘れたように腰を振った。

脳髄《のうずい》がキンと痺れた。滴るような快楽が下肢へ落ち、何かを噴き上げそうな感覚が込み上げてくる。かすかに硬さを失ったペニスが、ピクピクと悶えた。薄い包皮から顔を覗かせるピンクの亀頭が熱を持ってくる。

「あっ……で、出る……っ……あ、あぁ……」

射精するのだと思った。しかし、ピュッと小さな勢いをつけて放出されたのは、粘り気のない透明な液体だ。同時に内襞がピクピクと細かく痙攣し、腰が電気でも流されたように激しく震え始める。

「ひ、やあっ……ご、ごめ……なさ……あっ、ぁ……ン……ああ――……」

　止めようとしても腰の動きは止まらず、粘膜にケリーの雄を擦りつけては透明な潮を泉のように噴き上げ、彼の腹筋に小さな水溜まりを作っていく。どうにかしようと焦っているのに、途切れない喜悦で気持ちよく喘いでいる自分が信じられない。

「んっ……」

　ケリーが重苦しい声をあげた。震える襞が、一斉に彼の肉竿へと纏わりつく。狂ったように動く光音の腰を押さえつけると、ケリーの男根はドクンと激しく脈打った。

　灼熱の滾りが、快楽に溺《おぼ》れる粘膜へと容赦なく叩きつけられる。濃厚な精子が内壁を濡らしていく快楽はあまりにも刺激が強く、怖いほどの法悦で光音はすすり泣いた。

「中、気持ちいい？」

　もはや限界だというのに、ケリーは荒い息をつきながらまだ腰を揺らしてくる。腰骨のところを掴む彼の手に指を重ね、光音はいやいやと首を振った。

「も、もう……勘弁して……」

　尻に手が回され、男根が引き抜かれた。ケリーは器用に身体の位置を入れ替え、今度は光音に覆い被さる形を取る。

　横向きでシートに身を潜ませた光音は、びしょ濡れになった自分の下半身に気づき、言った。

「シート、汚れちゃう……」

「大丈夫。これからまだ汚すから問題ない」

　腰を抱えられ、強引に四つん這いの姿勢を取らされる。注がれた蜜を零す花襞に、硬い漲りが再び当てられて光音は焦燥した。

「えっ……待って……」

「待てないよ」

　尻を押し開くように掴まれ、襞を巻き込むようにして肉棒がズブズブと入ってくる。射精を終えた直後だというのに、ケリーの雄はちっとも萎えてはいない。根元まで完全に密着した時、ざらりとした陰

毛の感触が腰を震わせた。柔らかくなった内襞は打ち込まれた楔に形を変えられ、はっきりと浮き出た雁首や、生々しい血管の形までをもドクドクと感じ取っていく。

「もう一度中に出すから、たくさん感じて」

「ま、待って……待っ……っあああ！」

いきなり激しい動きが開始され、光音はシートに顔を埋めた。爪を立てようにも、ベッドのシーツと違って、何かを掴める感触がない。

「気持ちいいか？　アルト……っ」

狂おしい呼吸を繰り返しながら、ケリーは乱暴に後ろを貪《むさぼ》ってくる。こんなにも荒っぽく動いたら、きっと車体全体もかなり揺れているだろう。もし人が来たらと思うと、光音の蜜壺は緊張でますます強く締まった。

「あ、あうっ……あっ」

動きやすい姿勢なのか、ケリーの腰は一段と強く、そして深く感じた。肌がぶつかるたびに尻朶が揺れ、衝動の強さをダイレクトに伝えてくる。

「んっ……く……ああっ……」

肘《ひじ》をつき、頭を垂れると、首をもたげた花芯が揺さぶられながら透明な粘液を垂らすのが見えた。あんなに絞り出されたというのに、まだ快感を放出しようとしているらしい。

「アルト、凄いよ。泡立ってる」

「え……っ」

言われてみれば、さっきからグプグプと信じられないような音が聞こえている。浮き出た雁首で掻き出された精が、激しいピストンによる結合で泡立っているのだ。

「あ……！　や……み、見ちゃ……だめぇ……！」

「どうして？　俺の愛の証《あかし》じゃないか。凄く綺麗だ」

ケリーの動きがより速さを増した。しかも片手で光音の花芯を掴み、動きに合わせて上下に扱き立ててくる。前も後ろも感じさせられて、出口の見えない喜悦が腰の奥で荒れ狂った。

「やぁぁ……も……むり……っ、壊れるぅ……」
汗ばんだケリーの胸が、震える背筋に密着する。熱い肌の感触に、光音は陶然となった。さらに、耳元で繰り返される激しい呼吸が、彼の欲情と愛を歌っているように聞こえる。

花芯を扱いていた手が、今後は顎に添えられて、光音は後ろを向かされた。真剣な眼差しのケリーと目が合うと、心が壊れそうなほどのときめきが湧き上がってくる。

「アルト」

低く名を呼び、唇が重ねられた。

互いに熱い吐息を交えながら、無我夢中で舌を絡ませ合う。初めてのキスからは考えられないほどの、淫蕩な口づけ。交わす想いはあの時よりも強く、そして純粋なままだ。

自分たちの恋は、他の人のそれより苦しかったかもしれない。心を砕かれ、悲しみに打ちひしがれた時もある。でも、辛さや悲しみでは引き剝がせないほど、想いは深まり、結びついた。

唾液の糸を引きながら唇が離れる。

「好き……」

光音の言葉に、ケリーが微笑みを返す。

彼の両手が胸に回され、張り詰めた突起をきゅうっと摘んだ。

「あっ、あああっ！」

乳首から快感が広がり、股間の果実を一気に持ち上げる。思いっきり奥を突かれた時、快感が弾けて三度目の精が迸った。

「あああぁぁ……っ！」

締まる秘所の快楽に促されて、ケリーも熱を放つ。二度目とは思えぬ量の奔流がドクドクと注ぎ込まれ、アルトは恍惚とした表情で崩れ落ちた。

「素敵だったよ、アルト」

甘い囁きとともに覆い被さってきたケリーに、光音は涙目で振り返る。

「もう、いっときも君と離れたくない。このまま拠点をローマに移すよ。たくさん泣かせてしまった分、君を全力で幸せにする。一生かけて、君への感謝を返し続ける。約束するよ」

「本当に……？」

ケリーは頷いた。これからずっと彼といられるのだと思うと、あまりの嬉しさで胸が熱くなった。明日も明後日も、この人に会いたい。そう願うのは、恋人ならば当然の夢。

「僕も、貴方を幸せにします。貴方に相応《ふさわ》しいヴァイオリンを、これからも作り続ける……」

「参ったな。もう十分幸せを貰っているのに」

「足りないです……二人で幸せになりましょう」

与えられるだけじゃない。互いに与え合って、願わくばずっと一緒に生きたい。彼の一部のように。

「愛してるよ」

甘く微笑み、ケリーが口づけてくる。柔らかな感触に、溶けてしまいそうだった。

身体を抱く腕が、前よりも力強い気がする。その中に、彼の中にいるもう一人の魂を感じる。きっとケリーを通じて、彼の心を、彼の見ていた世界を知ることができるだろうと光音は思った。そしてそれは、きっとケリーとの愛を深めることにも繋がるのだろう、と。

「大好き、ケリー……」

ケリーの後ろに、燦然《さんぜん》と瞬く夜空の星が見える。その中を、流星が一筋の光を描き、すーっと滑空していった。

その光に、光音はウィルの姿を重ねた。悪戯《いたずら》な笑みを浮かべた彼が、こちらに背を向け、手を振りながらあるべき場所へ帰っていったような気がした。

◆◇◆

半年後。

うららかな春の日差しが差し込むロンドンの教会で、一組のカップルが結婚式を挙げていた。

教会のベルが鳴る中、参列者からフラワーシャワーを浴びながら、幸せな二人は階段を下りてくる。清楚《せいそ》なウエディングドレスに身を包んだ美しい花嫁は、新郎の腕にしっかり手を回して、幸福を振り撒《ま》くように笑っている。その眩い光景を、光音は頬を染めて見つめた。

「綺麗だなあ、ミランダさん」

そう言って、隣に立つ黒いタキシード姿のケリーを見上げる。髪をオールバックにしたケリーもまた、手をポケットに突っ込みながら、眩しそうに目を細めていた。

「幸せになってくれて良かったよ。新しいマネージヤー、探さないとな」

「そうですね」

光音が言い、二人で小さく微笑み合った。

ブーケトスが始まる。幸せのお裾分けを狙う女性陣が、我こそはと前に詰め寄せた。後ろ向きに投げられた赤とピンクの薔薇のブーケが大きく宙を舞い、女性たちは楽しそうな声をあげながら手を掲げる。

だがその時、後ろから伸びてきた長い腕が、彼女たちの頭上からブーケを掻っ攫《さら》った。

皆、唖然《あぜん》となって後ろを向く。そこには花束を手にしたケリーが、無邪気に叫びながらガッツポーズをしていた。

「ちょっと！　何するのよ、兄さん！」

「いいじゃないか。こういうのって、普通兄貴の恋人に渡すものじゃないのか？」

ブーケを奪い合っていた女性たちは、最初は驚いていたものの、顔を見合わせて笑い始めた。一方ミランダはカンカンに怒っており、走り出そうとするのを夫に止められていた。

「行こう、アルト!」

妹から逃げるため、ケリーは光音の手を握って走り出す。教会の裏へ回ると、見事な薔薇で彩られた広い庭園に出た。

「あっ……!」

芝生の窪《くぼ》みに足を取られ、光音が転びそうになった。それを咄嗟にケリーが庇い、自らが下になるようにして芝生に転がった。

「ごめんなさい」

驚いている光音を見上げ、楽しげに笑いながらケリーはブーケを差し出した。

「はい、これ。ブーケを勝ち取ったってことは、今度は俺たちが幸せになる番だ」

ブーケを受け取った光音は、続いて差し出されたものを見て目を丸くする。

ケリーの手の上で広げられていたのは、藍色《あいいろ》をした楕円形のジュエリーケースだった。中には長方形のダイヤモンドが埋め込まれた銀色の指輪が、日の光を受けて眩しく光っている。

指輪を入れる箇所は、縦にふたつ並んでいた。だがそのもう一方は空になっていて、同じ形のものが、ケリーの右手薬指に嵌《は》められているのに光音は気づいた。

「ヴァイオリンを弾く時に当たってしまうから、俺は左手につけられないんだけどね」

「本気ですか……?」

「当たり前だろ。俺と結婚してくれるね? アルト」

神様のように見えていた笑顔は、今は王子様みたいに感じる。

光音は目元を薔薇色に染め、

「はい……!」

幸せを噛み締めるように、そう答えた。ケリーが淡く微笑み、眼鏡をそっとはずしてくる。それが合図のように、光音は彼に顔を近づけた。

髪に指が絡められ、唇と唇が重なる。その時、教会の鐘の音が鳴った。そこに混じって、ヴァイオリンの音が聴こえたような気がした。
温かく微笑む太陽が、愛を交わす二人の姿を淡く照らし出す。
この美しい空の下、二人の世界はどこまでも続いていく。

幸せのコーダ

持ってきた小説の、最後のページを読み終えてしまった。

軽く欠伸《あくび》をして、小さな窓に視線を移すと、真っ白な光が差し込んでいる。通路を挟んで真ん中のシートにいるため、外を見ることはできない。今どの辺りを飛んでいるのかと思っていると、前方のモニターに飛行機の現在地が表示されていた。現在、ロシアの上空を通過中とのこと。

あと四時間ほどだろうか。そう考えながら、光音《あると》は隣で寝ている恋人に目を移す。ほんの少し倒したビジネスシートに背をもたせるケリーの横顔は、彫刻のように美しい。閉じられた金色の睫毛《まつげ》が光の粒を乗せて輝き、神話の登場人物を思わせた。

触れ合った手の薬指が、同じ指輪を嵌《は》めているのが嬉《うれ》しい。

しばらく彼の顔を見つめてから、光音はキョロキョロと周りを見回した。長時間のフライトに疲れているせいか、他の乗客もほとんど眠っている。誰も見ていないことを確認すると、光音はそうっとケリーの頬へ唇を近づけた。そこへ、

「お飲み物はいかがですか？」

絶妙なタイミングでＣＡ《キャビンアテンダント》が来てしまった。

赤面して口籠もる光音に、彼女は柔らかな笑みを投げかけてくる。その時、横からするりと手が伸びてきて、肩を抱き寄せられた。

「おはよう、俺の天使……」

言葉を返すより早く、顎《あご》に手を添えられ、唇を塞《ふさ》がれた。舌を交えない、唇だけの濃厚なキス。顔を離すと、ケリーは光音の肩を抱いたまま、目を丸くしているＣＡへにこりと微笑《ほほえ》みかけた。

「すまないが、温かい紅茶を貰《もら》えるかな。ストレートで。アルトはどうする？」

「あ、じゃあ……同じで」

かしこまりました、と恥ずかしそうに言って、ＣＡが去っていく。するとケリーは、光音の鼻先をちょんと指でつついてきた。

「どうしたんだ？　驚いた顔をして」

「だ、だって……」

「いいじゃないか。俺が君に夢中だってことは、結婚すれば世界中に知れ渡るんだよ」

　あの奇跡のようなリサイタルから、ほぼ一年が経っていた。あれ以来、ウィルが顔を出すことは一度もなかったが、その分ケリーには色々と変化が起こっている。たとえば、今のような。

「早くアルトを抱きたい」

　耳元で低く囁《ささや》かれて、思わず腰が震えた。相変わらず、優しくて穏やかなケリーなのだが、前よりもかなり大胆な性格になってきている。

「お待たせしました」

　さっきと同じCAが、紅茶をふたつ運んできた。ありがとう、と爽《さわ》やかに言って、ケリーはカップに口をつける。

　旅行に行こうと言い出したのは、彼だった。せっかく想いが通じ合ったというのに、あの後ケリーはますます仕事が忙しくなり、まともにデートもできない日々が続いていた。それで、いっそのこと長い休みを取って、どこか遠くへ出かけようという話になったのだ。

　行き先は日本。ケリーがまだ一度も行ったことのない国だし、光音も父の実家の静岡以外へは、行ったことがない。

　まず向かうのは京都。荷物を預けるために、着いたらすぐ旅館へ行くことになっている。

　つい先日アメリカでの公演を終え、ローマへ帰りなりこの飛行機に飛び乗ったケリーは、きっと疲れが溜《た》まっているはずだ。遊ぶより先に、今日のところは休んでほしいと光音は思った。

「楽しみだね」

　ケリーが言った。光音は頷《うなず》き、彼の逞《たくま》しい肩に頭を乗せる。心の中は、窓から差す光と同じくらい、うきうきと輝いていた。

旅館に着いた時には、ほぼ夕方に近い時刻になっていた。ケリーが手配してくれた温泉旅館は、とても有名な老舗《しにせ》らしく、古めかしくも趣《おもむき》のある佇《たたず》まいが素敵だ。

部屋は二人で過ごすには勿体《もったい》ないほど広く、縁側の外には専用の庭が広がっている。案内してくれた仲居《なかい》が恭《うやうや》しく部屋を出ていくと、ケリーは目を輝かせて光音に振り返った。

「アルト！」

いきなり強く抱き締められて、少し苦しくなった。

「ずっとこうしたかった。やっと二人きりになれたね」

背中に回された手が、ゆっくりと腰へ降りる。慌てて胸を離し、光音は顔を真っ赤にして首を振った。

「い、いきなり駄目だよ。そんな……！」

「どうして？　だってもう、二週間も君を抱いていないんだよ」

細められた優しい瞳が、匂うような色気を醸し出す。スター特有の眩《まぶ》しすぎる虹彩の奥に、かつて彼の中にいたもう一人の獰猛《どうもう》さを光音は感じる。

「でも……、まだ布団《ふとん》も敷かれてないでしょ。日本の旅館って、ご飯の後に旅館の人が布団を敷きにきてくれるんだよ」

父が教えてくれた知識を、光音は適当に振りかざした。ちなみに父は、ケリーとの関係を知っており、歓迎もしてくれている。恋をするのはいいことだ、と嬉しそうに頷いて。

「着いたばかりだし、少しぐらいのんびりしようよ。こんなにも素敵なお部屋なんだから」

そう言って、ケリーの腕から逃れると、光音は部屋の前の庭園を見にいった。

「うわあ」

小さいけれど、下には白い砂利が敷き詰められていて、木や草花も植えられてある。そしてその端には、木でできた円形の風呂桶が置かれてあった。そう、ここはかけ流しの温泉が楽しめる、露天風呂つきの部屋なのだ。

「気に入った？　君と過ごそうと思って、選んだんだ」

美しい景観に感動している光音の肩を、ケリーはそっと抱いてくる。実を言うと、光音はこの部屋の詳細を彼から聞かされていなかった。当日までお楽しみということで、秘密にされていたのだ。

「嬉しい！　ここって、大浴場もあるんだよね。じゃあ、二通りのお風呂が楽しめるんだ」

はしゃいだ声で言うと、ケリーの表情が途端に険しくなった。ガシッと両肩を摑《つか》まれ、光音はえっという顔になる。

「大浴場って、他の男と一緒に入る風呂のことか？　駄目だよ、そんなの！　君の裸を他の男に見せるなんて、考えられない！」

「いや……普通でしょ、それ」

「アルトはわかっていないよ。君の身体が、どれだけ男を惑わせるか……！」

ケリーの視線がますます危険みを帯びる。駄目だ、流されそう。彼とのセックスがもちろんいやなわけではないが、今日は彼に身体を休めてもらおうと思っていたのだ。温泉は疲労回復に良いと聞くし、ケリーにもそれを味わってもらいたい。

「わ、わかったから。じゃあ、せっかくだし、まずはお風呂に入らない？　エッチは夜に……」

最後のほうは、少し口籠もりながら言った。するとケリーは、「それもそうだな」と呟《つぶや》き、意外にもあっさり身を離してきた。

「そういえば、俺、温泉初めてなんだよね。身体にいいって聞くし、一緒に温まろう」

「うんっ！」

光音は嬉しそうに頷き、いそいそとタオルや着替えの準備をする。

……だが、彼は気づいていない。風呂は風呂、セックスはセックスだなんて、ケリーの頭が割り切って考えていないことに。

（いつまでも初心《うぶ》だな、アルト）

服を脱ぐ光音のうなじを見つめながら、ケリーは密かに口角を上げる。彼がシャツの前をはだけると、鋼のような胸板が露《あらわ》になった。

「ふはあ、気持ちいい～」

湯に浸かった瞬間、間抜けな声が出た。光音は風呂桶の縁に手をかけ、庭全体を興味深く観察する。

「こういう情緒ある景色のこと、日本では風情があるって言うんだよ」

「フゼイ？」

「そう、風情」

ケリーの片言が可愛《かわい》くて、光音はつい笑みを漏《も》らした。

「実は僕も、こういう風情を味わうのは初めてなんだ。京都は街全体が伝統を大切にしているらしいから、観光するのが楽しみ」

「なるほど。まるで、日本版ローマだね」

「あ……」

そういえばそうだ。どちらも、まるでタイムスリップしたかのように、その国の歴史を味わわせてくれる場所である。意識して景観が保たれているという点でも、似ているかもしれない。

「落ち着く景色だね」

ケリーが言い、光音は大きく頷いた。

「良かった。ケリー、きっと疲れてるだろうから、心も体ものんびりしてほしかったんだ」

「平気だよ。君の顔を見ているだけで、疲れなんて吹っ飛ぶさ」

ケリーはよく、光音の顔を好きだと言ってくる。それが光音は少しくすぐったくて、だけど嬉しい。

思わず頬《ほお》を赤らめていると、「おいで」と優しく言われた。照れ臭い表情を浮かべながら、光音は彼の胸に背を預ける形で、腕の中にすっぽりと収まる。

「幸せだ。こうして知らない国で、君と二人きり」

「僕も……」

「俺がいない間、寂しくはなかった？　ごめんね、なかなか一緒にいてあげられなくて」

「大丈夫。そりゃあ、もちろん寂しいけど、ケリーが世界中で愛されていることが何より嬉しい」

振り向くと、濡《ぬ》れた髪を後ろに撫《な》でつけたケリーと目が合った。穏やかで、ほんの少し悪戯《いたずら》っぽさを含んだ瞳。前とは少し違う。でも、好き――。

「ん……」

吸い寄せられるように口づけを交わすと、熱い舌が滑り込んできた。まだこのキスには慣れないが、それでも光音は自らも一生懸命舌を絡ませる。ケリーが嬉しそうに舌を吸ってくれるのが幸せで、心の底から気持ちよくなってくる。

「ふ……ぁ、あっ」

ケリーの手がするりと胸に回され、光音はビクッとなる。

「やっ……だ、駄目だって……！」

「なぜ？　これはセックスじゃないよ。俺はただ、君に触れているだけ」

長い指が肌を這《は》い、突起へと近づいていく。湯の影響で僅《わず》かに張りつめたそこを摘《つま》まれると、甘い電流のような快楽が走った。

「あっ、ああっ」

軽く仰《の》け反《ぞ》った拍子に、腰をケリーのほうへ押し出してしまう。すると、尻肉に硬い何かが当たる感触がして、頬が一気に紅潮した。

「ケ、ケリー……勃《た》って……」

「当たり前だろ。君に触れているんだから」

「だ……駄目、だめ……っ、あっ」

乳首を摘み、さらに爪で乳頭を引っ掻《か》きながら、ケリーはうなじにキスを与えてくる。チュッ、チュッという淫蕩《いんとう》な音が耳のすぐ後ろで聞こえ、腰の奥がゾクゾクした。

「は……あっ、ああ……」

「俺と離れていた間、一人でした？」

「な、何を……？」

「こういうこと」

胸を弄《いじ》っていた手がするりと下へ伸び、股間の果実を握り込んでくる。力強いものに包まれる感覚が愉悦と化して、硬くなり始めたそこをますます昂《たかぶ》らせていく。

「アルトも勃ってるね。気持ちいい？」

「あ……やあっ」

ケリーの手が上下に動き、湯を纏《まと》いながら光音の恥芯《ちしん》を扱《しご》き始める。

「どう？　俺はしたよ。君のこと想像しながら、毎日こうして」

「ふ、あぁ……ケリー……」

「教えて。アルト」

耳の穴に舌が差し込まれる。恥ずかしいことを言われて、頭の中が一瞬真っ白になった。熱い息とともに、舌が耳朶《じだ》をくすぐる音が直接鼓膜を震わせ、ますます意識がとろけていく。

「に、二回だけ……」

「二回も？　結構エッチだね、アルト」

小さく笑う息の音すら、官能的だった。乳首と陰茎の両方を愛撫《あいぶ》され、さらには唇の音を聞かされて、淫《みだ》らな想いがますます高まっていく。

「ごめん。もう限界」

低い、欲情を孕《はら》んだ声で言われ、肌が震えた。

軽く腰を浮かされ、窄《すぼ》まりに熱い楔《くさび》の切っ先が当てられる。

潤んだ瞳で振り返り、光音は小さく首を振った。

「や……挿《い》れちゃ、だめっ……」

「その顔、誘ってるようにしか見えないね」

逃げようとした腰を押さえつけられ、強引に下へと落とされる。太い亀頭がめり込み、湯を伴ってズブズブと入ってくる。

「あぁっ、あっ、あっ」

「イイよ、アルト。凄《すご》い、絡みついてくる」

「待っ……やぁぁ……っ！　し、しないって、言ったのに……っ」

「何？　俺、そんなのひとことも言ってないけど」

笑い混じりに言い、ケリーが腰を摑む手に力を込めた。太い幹が、戦慄《わなな》く襞《ひだ》をこじ開けるように貫き、そのまま根元の繁みまで一気に咥《くわ》え込ませられる。

「ひあっ、あっ！　あぁ——……んんんっ」

亀頭が最も奥深くまで達し、敏感なところを刺激する。思わず大きな声をあげた瞬間、手で口を塞がれ、「Shh《しー》」と耳元で囁かれた。

「隣の部屋の人に聞かれるよ」

「だ、だって……」

「駄目だよ、我慢して。君は、俺だけの天使なんだから」

M字に開かれた両膝《りょうひざ》の裏を、ケリーの手が持ち上げてくる。

「これでわかった？　君が、どれだけ男を惑わせるか。俺以外の男を興奮させようなんて、悪い子だ」

「やっ……ま、待って、ケリ……っ」

「でも、そういう無自覚なところ、好きだよ。今日は、二週間ぶりにたっぷり可愛がってあげるね。俺のアルト」

「ぁ、あん……や……っ！」

下から強く突き上げられると、湯の浮力に助けられて、光音の身体はいとも簡単に浮き上がる。身体が落ちると、自動的に剛直を飲み込んでいく形になる。熱に犯された粘膜を擦《こす》られながら、温かな湯が中に入ってくる感触がたまらなかった。そうして繁みまで腰が落ちると、また容赦なく突き上げられる。

「ひぁ……ぁ、ぁう……」

頭ではわかっているのに、あられもない嬌声《きょうせい》を漏らしそうになる。声を我慢していると、舌の上に粘り気のある唾液が溢《あふ》れた。

「声、苦しい？　キスしようか」

顎を優しく掴まれ、後ろを振り向かされる。頷くと、すぐさま舌を吸い上げられて、唾液まで啜《すす》られた。

甘ったるい呻《うめ》きを漏らしながら、光音もまた、ケリーの唇を吸うのに夢中になる。その間も、彼の激しい突き上げが止まることはなく、気づけば前のものが恥ずかしいぐらいにそそり立っていた。

湯の中で揺れるそれは、鮮やかに色づく水中花のように見える。健気《けなげ》なほどに首をもたげ、狂おしい動きに振り乱されて、とても淫猥《いんわい》な光景だ。

「ふ、ぁ……んっ、んぅ……」

身体が熱い。湯と、ケリーの熱の両方に体内を犯され、頭が沸騰してしまいそうだった。やがて彼の手が右の乳首を摘み、コリコリと、指の腹で押し潰すように愛撫してくる。

「いやっ……胸、やめ……」

口ごたえすると、またキスで唇を塞がれる。貫かれるたび、水面が跳ねるように動いてチャプチャプと音を立てる。それに加えて、かけ流しの湯の音。どちらも甲高い水音だ。それがまるで、自分が濡れているような錯覚を生み、淫らな感情を身体の奥から暴き出してくる。

「ひぁ……ぁ、も、もう……だめ。イく……っ」

「いいよ。出して」

「い、やだ……こんなとこで……っ」

湯の中で射精するなんて、絶対にいやだ。まるで粗相をしてしまうのと同じような気がして、生理的に受けつけない。

「ん……ンぅ、やぁぁ……」

上半身をねじるようにして、ケリーの首にしがみつく。股間のものは爆発寸前だった。激しい快楽が恥芯を駆け巡り、精を解き放たんと尿道が開く。そこに湯がかすかに入り込んでくる感覚がして、腰が打ち震えた。

「いやっ……あっ、だめ……！」

揺らされるたびに味わう湯の抵抗すら、まるで愛撫のように感じる。股間が熱かった。ほとんどすすり泣きに近い声をあげながら縋《すが》りつくと、ケリーは動きを止め、労《いたわ》るように髪を撫でてくれた。

「ごめん、いじめすぎた。続きは部屋で……いいかな？」

唇を震わせながら、光音は頷いた。こんな状態で夜まで待たされたら、気が変になってしまう。

ケリーに抱きかかえられて、部屋へ戻った。縁側のところで、用意していたタオルで身体を拭《ふ》かれ、世話をされているような感覚にまた赤面する。

「背中、痛くない？」

畳の上に浴衣《ゆかた》を広げ、ケリーはその上に光音を横たわらせた。

「平気……。ケリーは？」

「むしろ興奮する。なんだか、いけないことをしている気がして」

言われてみれば、まるで無理やり押し倒されて、着物を暴かれたような状態だ。そう思うと、目の前のケリーがますます強引に見えて、胸が高鳴った。

「こういうのも、フゼイ？」

笑いを含んだ声で言い、頬に手を当てられる。

今でも息を呑《の》むほど大きな手を取り、その指先を光音は見つめる。至高の音色を奏でる、神様の指。

大好きなケリーの、大切な指——。

「舐《な》めても、いい……？」

目を潤ませて問いかけると、ケリーがかすかに目を見開いた。ケリーの手に触れたことは、もはや数えきれないほどあるが、そこに口をつけたことは一度もない。

「いいよ」

艶《つや》のある声だった。その答えを聞き、光音はゆっくりと指先を口に含んだ。なんだか、神様の領域に踏み込んだ気がして、ほんの少し緊張する。

歯を当てないように、中指と人差し指を奥まで咥えた。それからフェラチオをするように舐めしゃぶり、唾液を絡めて舌を這わせる。

「……っ」

ケリーが息を呑む音が聞こえた。片膝を抱えられ、熟れきった蕾《つぼみ》に再び剛直が擦りつけられる。ずぶりと先端がめり込むと、ふやけていたはずの媚肉《びにく》がすぐさま纏わりつき、ケリーを奥へと誘い込み始めた。

「ふ……んぅっ……んっ、んっ」

絡みつく襞を巻き込みながら、肉棒がどんどん奥へと入っていく。口の中を指先で弄られながら、光音はケリーの熱を狂おしいほどに感じた。

（ああ、ケリーの、指……凄い、ああ……）

粘膜を擦り上げられるたびに、腰がビクビクと震えた。ぐちゅりと卑猥な音を鳴らし、ついに根元まで結合する。彼の繁みが襞にぶつかると同時に、奥から痺《しび》れるような法悦が溢れ出した。

「ふあぁ……あっ、ああ――……っ！」

脳髄《のうずい》がキンと痺れ、爪先まで硬直する。ケリーの指を咥え、彼の雄を食い締めながら、光音は思いきり快感を解き放った。

「う……ふ、はぁ、は……」

肌を赤く染め、息も絶え絶えになった光音の口から、ケリーは指をそっと引き抜く。そして、甘い唾液の纏わりついた指を自らも口に含み、色っぽい眼《まな》差《ざ》しで光音を見下ろす。

「凄い締めつけだね。危うく持っていかれるところだった」

「イ、イっちゃ……」

「素敵だったよ、アルト。でも、もう少し頑張ろうね」

両膝を押し上げ、ケリーが腰を使い始める。コリコリとした、光音の敏感な弱い部分に狙いを定め、そこに雁首《かりくび》を当てて小刻みに突いてくる。

「あ、あっ、あぁぁっ」

達したばかりの身体は敏感さを増し、後孔はますます淫らと化していた。中を擦られるたびにきゅうっとケリーに吸いついて、もっと快感を欲しがるように甘く蠢《うごめ》く。芯を失いかけていた陰茎は、だらだらと蜜を垂らしながらまた首をもたげ、腹との間に透明な糸を引きながら可愛らしく揺れている。

「ひ……あぁっ、あう……そこ、そこっ」

「ここが気持ちいい？　じゃあもっと突いてあげる」

「ち、違っ……あっ、あンっ」

愛液を漏らす鈴口が、また熱を持ち始める。もどかしさを伴って、迫りくる快感。駄目、駄目だと思いながらも、湧き上がる衝動を抑えることはできない。

「やっ、出ちゃうっ……！　そこ、いやっ、出るぅ……っ！」

「うん。知ってる」

甘く危険な笑みを浮かべ、ケリーがきゅっと乳首を摘んでくる。それが、限界だった。ピンク色の花芯は激しく揺れながら、透明な潮を噴き上げる。

「あっ、ん……んんっ、うああ……っ！」

エラの張り出したケリーの亀頭で、ここを突かれるといつもこんな風になってしまう。まるでたががはずれたように、透明な淫液を巻き散らす性器を、光音は顔を真っ赤にして見下ろした。

「やっ、あぁっ」

「恥ずかしいね、アルトの身体」

「い、いやっ、も……だめ、恥ずかしい……！」

「愛《いと》しいよ、とても。こんな反応をされるから、ますます夢中になってしまう」

ケリーが上体を倒し、胸に口づけてくる。乳輪から口に含まれ、チロチロとくすぐるように舐められて、瞼《まぶた》の裏に閃光《せんこう》が走る。

恥ずかしい。でも、気持ちいい。愛しい、好きだと言われると、それだけでもう幸せで、ケリーの好きにされることをやめられない。

「ああ、ケリー……」

震える指先で肩に触れると、気づいたように接吻《せっぷん》された。舌と舌で弄り合うと、身体ごと溶けそうな気すらしてくる。上も下も繋がり合っているということが、途方もなくいやらしくて、幸せなことに思えてくる。

「ん、は……あっ」

ケリーの背をぎゅっと抱き締め、口づけの余韻に浸るような吐息をつく。水分を含み、火照《ほて》った肌が互いに吸い合うようで、心地よい。

「アルト」

「ん……？」

「俺も、イっていい？」

頬に口づけられ、目を伏せたままこくりと頷く。

光音の儚《はかな》げな仕草に欲情をそそられ、ケリーが喉《のど》の音を鳴らした。

「思いっきり、激しくするよ」

片脚を持ち上げられ、ケリーの肩へとかけられる。もう一方の脚を跨《また》ぐようにケリーが腰を進め、十字にまぐわう姿勢になった。

「あぁ……っ」

結合が深まり、身体が震える。脚を抱えたまま、再び激しいグラインドが開始される。

「ひぅっ……！　あっ、あン、ああっ！」

甘い言葉ではなく、頭の上からはケリーの狂おしい吐息の音が降ってくる。

尊敬し、憧れてきた人。その気持ちは、これからも消えない。だから、彼がこんな自分に興奮してくれているのが嬉しくて、まるで夢みたいに思ってしまう。彼が与えてくる快感が現実を教えてくれて、愛されているのだとそこで実感できる。

「ああ……あっ、ケリー、ケリーっ……！」

「……っ、アルト」

「好き、あぁっ、好……きぃ……っ」

「俺もだ……愛してる」

愛液が混ざり合い、淫らな結合は激しい水音を奏でた。腰を回されると、こね回された粘膜が信じられないほどの熱を帯び、むせび泣くような痙攣《けいれん》を始める。

「ひぃっ、あっ、ケリー……っ！　あっ、あっ！」

何か、変だ。腰が自分の身体じゃないようにガクガクと震え、媚肉がケリーの雄をきゅうっと食い締める。

「っく、アルト……！」

あまりの締めつけで苦しいのか、ケリーが思わずといった風に声をあげる。彼の眉《まゆ》を顰《ひそ》めた表情を視界の端で捉えながら、光音は壮絶な快感に啼泣《ていきゅう》を漏らす。身体じゅうが電流を流されたように痙攣し、射精よりも激しい極みに汗を流した。

「ふは……あ、ああっ、あ……」

「白いの、出てないみたいだけど。お尻だけでイっちゃった？」

「へ……？」

呆然《ぼうぜん》と見上げると、ケリーは膝の裏にキスをし、また抜き差しを再開する。

「ひっ、や……待って……！」

「悪い。俺も、イきそうなんだ」

「やっ、だめ……中、びくびくして……っ！」

襞の痙攣は治まることなく、粘膜を擦られるたびに強烈な極みを繰り返した。あまりの快感で苦しいほどなのに、肉筒は緩むどころか、ケリーの剛直に吸いつき、愛撫のように蠢く。

「本当だ。アルトの中、きゅんきゅんしてる」

「ひあっ、あぁっ」

「気持ちいい。このまま奥に出すよ……っ」

ケリーの呼吸が、動きと一緒に速くなる。雄芯がより一層硬く怒張し、光音の肉襞を押し広げた。

「あっ、ケリーっ、あっあっ」

ケリーの絶頂を悟り、羞恥《しゅうち》と喜びで心がドクンと音を立てた。萎《な》えていた花芯もかすかに勃起《ぼっき》し、愛の蜜《みつ》を欲しがるように咲き乱れる。

「イくぞ、んっ」

重苦しい呻きが聞こえ、灼熱《しゃくねつ》の滾《たぎ》りが放たれる。激しい奔流が奥へと叩《たた》きつけられ、光音の陰茎もまた小さく射精した。

「は……ふ、ふぅ……ぁ……」

震えながらかろうじて息をつき、光音は涙の滲《にじ》んだ目を閉じた。

最後の一滴まで、光音の中に注ぎ込むと、ケリーはようやく腰を引く。そして、するりと身体を滑らせ、横になったまま光音を背後から抱き締めるようにした。

「最高だ、アルト。大好きだ、愛してる……」

指で乳輪をなぞりながら、首筋に何度も口づけてくる。光音が振り向くと、今度は唇にキスをし、ケリーは微笑んだ。

「アルト。今日は、俺を休ませようとしてくれたんだろ？」

「うん……」

「ありがとう。でも大丈夫だよ。俺、こうやってアルトに触れているほうが、ずっと元気になれる。それに……」

ケリーは声を低くした。

「温泉に入ってる君、凄く可愛かったよ。あんなの、欲情するなっていうほうが無理な話だ」

「も～……」

光音は両手で、赤くなった顔を隠す。するとケリーが、抱き締める腕に力を込めた。

「明日はたくさん景色を見て回ろう。日本は君のもうひとつのルーツだから、ずっと来てみたかったんだ。そこでこうして、また思い出を作ることができて嬉しい」

強く抱き締められて、多幸感に胸が満たされた。

目元を赤くしながら、光音もまた笑みを浮かべ、ケリーの腕にそっと手を重ねる。

「僕も嬉しい……。それに僕も、本当は、ずっと貴方《あなた》に触れたかった」

世界はケリーを求めている。でも、誰よりも彼を愛しているのは、この自分。離れている間、本当は寂しかった。毎日毎晩彼の笑顔を思い浮かべ、貰った指輪を撫でながら、彼の温《ぬく》もりを思い出した。

「愛してる、ケリー」

身体ごとケリーのほうへ振り返り、強く抱き締め合う。唇を重ね、甘い情事の余韻に、光音はうっとりと身を委ねた。

「――ん」

涼しい風が頬を撫で、光音は目を覚ます。

あれから部屋で夕食を取り、その後、敷いてもらった布団でまどろんでいるうちに、うたた寝をしてしまったのだ。

部屋は控えめなルームライトで照らされており、見回すと、縁側に立ち、ヴァイオリンを弾くケリーの姿が見えた。どうやらサイレントヴァイオリンらしく、彼はヘッドフォンをつけており、音は聴こえない。

声をかけるのは悪い気がして、光音は枕元に置いた眼鏡《めがね》をかけると、浴衣の裾《すそ》を直して、静かにケリーへ歩み寄った。すると気配を察したのか、彼がヘッドフォンをはずしてこちらを振り向いた。

「ごめん。起こしたかな?」

浴衣姿のケリーは、とても新鮮だった。背が高いため、丈が短くなっており、足首のところが大きく見えている。

「練習してるの?」

「そう。毎日やらなきゃ、勘が鈍るからね」

時計を見ると、もう深夜十一時を回っている。自分が寝た後、ケリーはずっと練習をしていたのだろうか。

手早くヴァイオリンを片づけると、ケリーはそこに置かれた籐《とう》の椅子《いす》に腰かけた。

「おいで」

そう言われて、光音はちょこんと彼の膝に腰を下ろす。光音の細い肩を抱き寄せ、ケリーは言った。

「今回の旅行が終わったら、結婚のことを考えようか。式はどこにする? 新婚旅行も行かないとね」

そう言われて、光音は照れたように視線を伏せる。

「なんだか信じられない。僕が、ケリーと結婚だなんて」

「俺だって夢みたいさ。初めて恋をした相手と結婚だなんて」

「初めて？」

「君が初恋なんだ。言ってなかった？」

驚く光音の髪を撫で、ケリーは言う。

「運命って、あまり好きな言葉じゃなかったんだけど、君を見ているとありかなって思う。数えきれない手紙の中から、俺は君の存在を見つけ出した。そして、君と出会って人生が変わった。これってまさに、運命だろ？」

ケリーがそんな風に思ってくれていることが嬉しくて、光音は目に涙を滲ませる。

「僕、幸せ……」

見上げると、ちゅっと唇を啄《ついば》まれた。でもそれだけでは足りなくて、光音は自らケリーの首に腕を回し、舌を絡めてキスをする。

「アルト？」

「あの……」

頬をピンク色に染め、光音は言った。

「もう一度、したい。ケリーと」

自分から誘うのは初めてだ。緊張気味にケリーを見ると、彼はふわりと微笑んだ。

「オーケー。喜んで」

この笑顔が大好き。

彼の声が、肌が、体温が全て好き。

互いに抱き合い、また接吻をする。外の宵闇のように、二人に静かな夜が訪れるのは、もう少し後になりそうだ。

《END》

あとがき

はじめまして、彩寧一叶と申します。

このたびは、私のデビューノベルズをお手に取って頂き、誠にありがとうございます！

物心ついた時から物語を書くのが大好きで、作家として本を出す、というのが長らくの夢でした。小心者ゆえ、実際に投稿にチャレンジするのは随分遅くなってしまいましたが、多くの方に支えられて、夢を一つ叶えることができました。本当に感謝しています。

さて今回、二重人格の話を書かせて頂きました。

あまりにもサイコな内容なので、自分からプロットを提出しておきながら、実はボツになるだろうと最初思っていました。それがまさか、初の単行本で書かせて頂けるなんて、正直今でも驚いています。

何の影響かは覚えていないのですが、小学生の頃からＤＩＤ《解離性同一性障害》（当時は多重人格障害と呼ばれていました）という心の病に凄く興味を持っていました。恥ずかしいことに、当時はそれを格好いいことのように思っていたのですが、後に逃避願望によって発症される病だと知り、とても切ない気持ちになったのを覚えています。

厳しい言い方をすれば、ケリーは己の闇や、辛い現実から逃げてしまった人です。

逃げるって、一般的にあまり良くないことのように思われるので、そういう影を持った攻めをいかに魅力的に書いてあげられるかが、今回の大きな課題でした。なかなか答えが出ないまま筆を走らせていたのですが、書いていくうちに、「逃げたい」と強く願った彼の心を、とても美しいと感じるようになりました。

なぜなら彼は、凄く生きたかったからこそ、逃げたいと願った。そういう彼の気持ちは、命の輝きではないかと思ったのです。

この世には真面目な人が多いから、凄く辛いことがあっても、そこから逃げる自分を許せないということがあるのではないかと思います。でもどうか、もしそういう風に感じている人がいたら、逃げたいと願う命の輝きを、大切にしてほしい。そういう気持ちを、ひっそりこの話には込めさせて頂きました。

そしてウィルですが、この話を読んだ方の中には、結局彼はケリーと同一人物だったのか、あるいは独立した人間だったのか、疑問に思った人もいると思います。

医学的にいえば、ウィルはケリーの一部であり、作られた「人格」です。だから最初、その方向で書くつもりだったのですが、彼の「俺を見ろ」という声を聞き、それは違うのだと咄嗟に感じました。

すると、どういう結末になるのか、自分でもよくわからなくなってきたのですが、光音とケリーがああいう風に動いてくれ、結果ウィルは「人として」幸せになれたのだと思います。心を閉ざしているキャラクターでしたので、なかなか声が聞こえず、今回かなり彼によって苦しめられましたが、どうにか書くことができて良かったです。

最後になりましたが、今回携わってくださった全ての方に、改めてお礼を申し上げます。美しいイラストの数々で、この話を彩ってくださったキツヲ先生。本当にありがとうございました。イラストレーターさんがキツヲ先生だと教えてもらった時、とても嬉しかったです。どのイラストも一生の宝物にさせて頂きます。

担当様。この難しい話を書けると信じ、支えて下さってありがとうございます。初の単行本とはいえ、色々とお手を煩わせてしまい、本当にすみませんでした。以後精進いたしますので、今後とも何卒よろしくお願いします。打ち合わせ、いつも凄く楽しいです。

そして、ケリー、ウィル、光音。貴方たちに出会えて、とても幸せです。未熟な私の腕で、どこまで表現してあげられたかわからないけど、貴方たちを心から愛しています。

皆さま、本当に本当に、ありがとうございました。もし良かったら、今回の話で出てきた音楽の数々、検索してみてください。本当に、どれも素敵な曲ばかりです。

最後にもう一度、ありがとうございます。またいつかお目にかかれますように。

彩寧一叶

◆初出一覧◆
恋情と悪辣《あくらつ》のヴァイオリニスト　／書き下ろし
幸せのコーダ　／書き下ろし

ビーボーイ小説新人大賞募集!!

「このお話、みんなに読んでもらいたい!」
そんなあなたの夢、叶えませんか?

小説b-Boy、ビーボーイノベルズなどにふさわしい小説を大募集します!
優秀な作品は、小説b-Boyで掲載、もしかしたらノベルズ化の可能性も♡

努力賞以上の入賞者には、担当編集がついて個別指導します。またAクラス以上の入選者の希望者には、編集部から作品の批評が受けられます。

大賞…100万円+海外旅行

入選…50万円+海外旅行

準入選…30万円+ノートパソコン

佳　作　10万円+デジタルカメラ

努力賞　5万円

期待賞　3万円

奨励賞　1万円

※入賞者には個別批評あり!

◆募集要項◆

作品内容

小説b-Boy、ビーボーイノベルズ、ビーボーイスラッシュノベルズなどにふさわしい、商業誌未発表のオリジナルボーイズラブ作品。

資格

年齢性別プロアマを問いません。

注意!
・入賞作品の出版権は、リブレに帰属します。
・二重投稿は堅くお断りします。

◆応募のきまり◆

★応募には「小説b-Boy」に毎号掲載されている「ビーボーイ小説新人大賞応募カード」(コピー可)が必要です。応募カードに記載されている必要事項を全て記入の上、原稿の最終ページに貼って応募してください。
★締め切りは、年1回です。(締切日はその都度変わりますので、必ず最新の小説b-Boy誌上でご確認ください)
★その他の注意事項は全て、小説b-Boyの「ビーボーイ小説新人大賞募集のお知らせ」ページをご確認ください。

あなたの情熱と新しい感性でしか書けない、
楽しい、切ない、Hな、感動する小説をお待ちしています!!

ビーボーイノベルズをお買い上げ
いただきありがとうございます。
この本を読んでのご意見・ご感想
をお待ちしております。

〒162-0825 東京都新宿区神楽坂6-46
ローベル神楽坂ビル4F
株式会社リブレ内 編集部

アンケート受付中
リブレ公式サイト　http://libre-inc.co.jp
TOPページの「アンケート」からお入りください。

恋情と悪辣《あくらつ》のヴァイオリニスト

2017年12月20日　第1刷発行

著　者――彩寧一叶

発行者――太田歳子

発行所――株式会社リブレ

〒162-0825 東京都新宿区神楽坂6-46ローベル神楽坂ビル
営業　電話03(3235)7405　FAX 03(3235)0342
編集　電話03(3235)0317

印刷所――株式会社光邦

Printed in Japan
ISBN 978-4-7997-3601-2